Ernst Grua

Kaiser Friedrich der Erste - Schauspiel in fünf Aufzügen

Ernst Grua

Kaiser Friedrich der Erste - Schauspiel in fünf Aufzügen

ISBN/EAN: 9783743643840

Hergestellt in Europa, USA, Kanada, Australien, Japan

Cover: Foto ©Andreas Hilbeck / pixelio.de

Weitere Bücher finden Sie auf **www.hansebooks.com**

Kaiser Friedrich der Erste

Schauspiel in fünf Aufzügen

von

Ernst Grua

Berlin
Verlag von E. H. Schroeder
1881

Euer Hochwohlgeboren

beehre ich mich, in der Anlage die beiden nachgelassenen Dramen meines verstorbenen Sohnes Ernst zu überreichen.

Es würde mir eine große Genugthuung sein, wenn der Inhalt dieser Arbeiten, über deren poetischen wie dramatischen Werth ich mir ein Urtheil nicht erlauben darf, Ihnen Veranlassung geben sollte, das eine oder das andere der Dramen auf der Ihrer Leitung unterstehenden Bühne zur Aufführung zu bringen.

Ich habe die Ehre zu zeichnen mit der Versicherung vorzüglichster Hochschätzung

Marie Grua.

Kaiser Friedrich der Erste

Schauspiel in fünf Aufzügen

von

Ernst Grua

Berlin

Verlag von E. H. Schroeder

1881

Storage
350

Ernst Grua starb in der Blüthe seines Lebens. Das letzte Erzeugniß des jugendlichen talentvollen Dichters war das vieraktige Schauspiel: Die weiße und die rothe Rose, welches an der königlichen Bühne zu Berlin und am Thalia = Theater zu Hamburg mit großem Erfolg aufgeführt worden ist.

Ueber zwei so eben im Druck erschienene Dramen: Cäsar Borgia und Kaiser Friedrich der Erste spricht Karl Frenzel in der Nationalzeitung vom 20. März und 11. Oktober und in der Deutschen Rundschau vom Juli 1881 sich, wie folgt, anerkennend aus:

„In allem, was ich von Ernst Grua kenne, macht sich ein dramatischer Zug bemerklich, und ein Geschick für thea= tralische Effecte.

Sein Cäsar Borgia, bereits am Meininger Theater mit Erfolg aufgeführt, ist nicht ohne Größe und Origina= lität, und zeichnet sich vor vielen Dichtungen, die diesen Borgia= Stoff für die Bühne zu gestalten versucht haben, durch die Frische des Localcolorits und die Technik des Aufbaus aus.

Kaiser Friedrich der Erste, eine der größeren Ar= beiten des Dichters, ist ein lebensvolles Bild der Hohen= staufenzeit. Der Gegensatz zwischen Friedrich Barbarossa und Heinrich dem Löwen bildet die Grundlage des Stücks, das sich übersichtlich, malerisch und anschaulich aufbaut, so daß die Aufmerksamkeit des Lesers niemals trotz des wechselnden Schauplatzes und längeren Zeitraumes durch störende Neben=

handlungen von der Hauptsache abgelenkt wird. Grua's Sprache ist edel und kräftig und in den Hauptpersonen charakteristisch abgetönt. Das Stück hat, wie alles, was Grua geschrieben, das Bühnengemäße, den Theater = Zug und = Zuschnitt, das nicht nur den Regisseur und die Schau= spieler besticht, sondern in seiner verständlichen, voraussetzungs= losen, beinahe naiven Weise auch das Publikum gewinnt und fesselt."

Personen:

Kaiser Friedrich der Erste, Barbarossa.

Beatrix, seine Gemahlin.

Heinrich der Löwe, Herzog von Bayern und Sachsen.

Heinrich (Jasomirgott), Herzog von Oesterreich.

Pfalzgraf Otto von Wittelsbach.

Graf von Anhalt.

Philipp, Erzbischof von Köln.

Graf Bernhard von der Lippe, Vasall Heinrichs des
   Löwen.

Konrad von Hohenfels.

Mathildis, Tochter König Heinrich II. von England.

Hildegard, Vertraute der Kaiserin.

Gertrud, eine alte Dienerin der Mathildis.

Reimarus der Alte.

Jung Walther.

Graf Bedfort, Gesandter Heinrichs II. von England.

Erzbischof von Mailand.

Obertus Spinola, Gesandter von Genua.

Der pisanische Gesandte.

Guintellini, Abgesandter und Feldherr der Mailänder.

Bordoni,   ⎫
           ⎬ Hauptleute aus Brescia.
Giussano, ⎭

Wehrfried, ⎫
           ⎬ Sächsische Lanzknechte.
Rudolf,   ⎭

Erster und Zweiter kaiserlicher Lanzknecht.

Dritter bayerischer Lanzknecht.

Erster, Zweiter und Dritter Bürger.

Zwei Bürger von Lodi.

Ein Reichsherold.

Ein Kaplan.

Ein Verwundeter.

Erzbischof von Halberstadt. Prälaten. Fürsten und Ritter. Vier Rechtsgelehrte aus Bologna. Gesandte der Lombardischen Städte. Deutsche und Lombardische Krieger. Kaiserliche und sächsische Lanzknechte. Gefangene Heinrichs des Löwen. Herolde. Volk.

Ort der Handlung: Deutschland und die Lombardei 1156—1184.

Erster Aufzug.

1. Scene.

Donaustrand bei Regensburg um die Zeit des Sonnenaufgangs. Links im Hintergrunde Seitenflügel der kaiserlichen Pfalz, zu der eine Freitreppe hinaufführt. Davor an hohem Pfahl der Reichsschild. Wehrfried geht als Wache vor demselben auf und nieder. Links vorn auf einer in Stufen abfallenden purpurbekleideten Bodenerhöhung, anfangs verhüllt, der kaiserliche Thronsessel. Beim Aufziehen des Vorhanges sieht man im Hintergrunde die Wachen ablösen. Rechts vorn, nur dem Zuschauer sichtbar, lehnt Konrad an einem Baumstamm. Nach einer Pause tritt Rudolf aus dem Hintergrunde auf Wehrfried zu.

Wehrfried. Rudolf. Konrad. Lanzknechte.

Wehrfried

Halt! Werda?

Rudolf

Schwaben. Und Du selbst? die Losung? . .

Wehrfried

Des Kaisers Pfalz.

Rudolf (ihn erkennend)

Wehrfried!

Wehrfried (ebenso)

- Rudolf! Was Teufel! Du?

Rudolf (auf ihn zueilend)

Wehrfried, mein' Seel'!

Wehrfried

Ja, Bruderherz! Willkommen!

(sie schütteln sich herzlich die Hände)

Und Du in Regensburg?

Rudolf

So geht's! — Nein, sag' nur ..

(seinen Augen nicht trauend, ihm Brust und Schultern befühlend)

Leibhaftig! Ist's zu glauben? Jahr und Tag
Kein Sterbenswort von Dir und itzt .. Die Liese,
Das arme Ding! . . . . .

Wehrfried

Sie weinte schier sich blind.

Sie hat mich treu geliebt. (stutzig) Ist doch nicht — todt?

Rudolf

Gott nein!

Wehrfried

Erkrankt? . . .

Rudolf (verneinend)

Ist braven Mannes Weib,

Und ein paar Püppchen hat sie! . . .

Wehrfried (verblüfft)

So? — hm! hm! —

(kopfschüttelnd b. S.)

Die Liese ein paar Püppchen! hm! hm! hm! —

(gezwungen gleichgültig)

Nun? — sonst nichts neues?

Rudolf

Nichts, als daß die Kuh,

Die scheckig=braune, letzten Herbst gefallen.

Wehrfried (in Gedanken vor sich hin)

Die Liese also! . . .

Rudolf

Nicht die Liese, Freund.

Du weißt, die braune Kuh.

Wehrfried (sich besinnend)

Ja so. — Ganz recht! —
Und Du? ... Was führt Dich zu des Kaisers Heer?

Rudolf

Ich war das Ackern satt und für den Spaten
Nahm ich das Schwert zur Hand. So bin ich hier.

Wehrfried

Da kommst Du hinterdrein gehinkt. Du siehst,
Hier rüstet man zum Siegs= und Friedensfest.

Rudolf

Das kam so über Nacht. (geheimnißvoll) Sie munkeln was.
Du kannst mir's glauben: ist nicht, wie es soll!

Wehrfried (zerstreut)

Bei Leibe nicht.

Rudolf

Was meinst Du?

Wehrfried

Daß die Pest
Dies hündische Gesindel hole! Wären's
Noch Männer, die uns Aug' in Auge stehn!
Mit wälscher Brut ist Krieg und Frieden schlecht!

Rudolf

Mag auch die Kerle nicht!

Wehrfried

Kein deutscher Blick,
Und Stirnen schmal, d'rin für Verrath und List,
Doch nicht für ehrliche Gedanken Raum! —
Nun, Gott sei Dank, wir sind's bald los. Der Herzog
Ist Feierns nicht gewohnt, der führt uns Sachsen
Ins Slavenland, um mit dem Schwerte dort
Das Heidenvolk zu Christen zu bekehren
Und Deutsche d'raus zu schlagen.

Rudolf

Ja, mein' Seel',
Da sieht man doch, wofür und wie, doch drunten . . .
Du warst ja damals mit dem Römerzug.
Da ging's Euch hart.

Wehrfried

Ja, hart. Der Kaiser selbst
Hat Thränen d'rum geweint. Das war ein Heer!
Voran die Lagermeister, dann die Adler
Im Sonnenglanz vergoldet, rings umschmettert
Von Kriegsmusik, als gält's, die Mauern Roms
Wie die von Jericho in Staub zu blasen.
Und dann der Krieger stolze Schar! Da tönte
Triumphgesang, als ging's zum Fest! — Doch, ach,
Hohläugig kehrten, wankend, bleich, versprengt
Wir heim ins deutsche Land. — Ein Kriegsmann stritt
Dort unten wider uns, der, wie der Sand am Nil
Die Krokodile brütet, aus den Sümpfen
Der römischen Campagna stieg. Er mähte
Der Unsern zwanzigtausend, Herrn und Ritter
Und Bischöfe — kein Ansehn galt — ja selbst
Der Schwaben Kaiserblut ward nicht verschont.
Da war kein Helm, kein Harnisch fest genug,
Daß nicht der Seuche Gifthauch ihn durchdrang. —
Ein arges Land, d'rin nur Gewürm gedeiht!
(Der Hintergrund strahlt in der Beleuchtung des Frühroths. Konrad
macht halbwachend eine Bewegung.)
Doch sieh! was regt sich dort?

Rudolf

Wo?

Wehrfried (auf Konrad weisend)

Dort am Boden. —
Werda?

Rudolf

Ein Schlafender.

Wehrfried

So scheint's. — He! holla!

Konrad

Was stört Ihr mich?

(nach dem Hintergrunde weisend)

Seht!

Rudolf

Was denn?

Konrad

Wie die Sonne
Sich strahlend dort erhebt.

Rudolf

Ja, meiner Seel'! . .

Wehrfried

Was hast Du hier zu schnüffeln und zu schaffen?
Auf da, Gesell!

(Es sind noch andre Lanzknechte hinzugetreten.)

Dritter Lanzknecht

(Konrad mit dem Lanzenschaft einen Stoß versetzend)

Ich will Ihm Beine machen!

Mehrere Lanzknechte

Ein Wälscher! — ein Spion! — Wie kam er her?

Konrad

(der sich erhoben hat, zum Dritten Lanzknecht)

Du bist ein Bayer, merk' ich. Die sind alle
So brav und — grob wie Du!

Dritter Lanzknecht

Du Hund! Du willst
Uns Bayern schimpfen?

Andre

Stoßt ihn nieder! nieder!

Konrad

Sechs gegen einen!

(Heinrich der Löwe tritt aus dem Hintergrunde hinzu.)

---

2. Scene.

Vorige. Heinrich.

Heinrich

Was giebt's? — Wer ist der Mann?

(Die Lanzknechte treten ehrerbietig vor Heinrich zurück.)

Wehrfried

Herr, wie der Mensch daherkam, weiß ich nicht,
Und wer er sei, das frage Du ihn selbst.

Dritter Lanzknecht

Ist ein Spion, mit wälschem Gold erkauft!

[**Rudolf** (weist verneinend nach der Stirn)

Hat hier 'ne Schraube los.]

Heinrich (zu Konrad)

[Wer bist Du, Mann?]

Was suchst Du an der kaiserlichen Pfalz?

Konrad

Ich hab' nicht Haus, nicht Hof, nicht eignen Herd.
Am Sonnenfeuer kaiserlichen Ruhms
Wollt' ich mich wärmen.

(Heinrich sieht Konrad einen Augenblick verwundert an, dann winkt
er den Lanzknechten, diese treten mehr zurück.)

Heinrich

Du sahst einst bess're Tage.

Konrad (bitter)

Bess're! wahrlich! —

Und doch, was gäb' es bess'res, als, wie ich,
Das Glück, die Menschen und ihr ganzes Treiben
Verachten?

Heinrich

Nun, ein Glück besondrer Art! —
Was hat die Welt so Arges Dir gethan? ...

Konrad

Was mir die Welt gethan? — Herr, setzt den Fall,
Ein Ritter zählte fester Burgen viel.
Getheilt in blut'ger Fehde war das Reich.
Heinrich der Stolze, Euer Vater, stand
In Waffen wider Konrads Kaisermacht. *1)
Der Ritter, durch den Staufen eh'zuvor
Gekränkt, entwegten Sinnes, läßt den Kaiser. —
Auf blut'ger Halde büßt er's mit dem Leben. —
Des Ritters Sohn, nehmt an, zu stolz, um Gnade
Zu suchen an dem Kaiserthron, verstoßen
Von seinem Erbe, sieht in Noth die Mutter,
Die zartgewöhnte, theure, kranken, sterben. —
Nicht eine Hand, die ihm sich hilfreich bot,
Da seines Glückes Schiffbruch nackt und bloß
Ihn auf die Klippen warf. Der Herbst war kommen,
Und Freundschaft, Liebe, war nur welkes Laub,
Der rauhern Lüfte Spiel, ins Nichts verweht!

Heinrich

Du selbst bist jener Sohn.

Konrad

Und wenn ich's wäre? ..
Ich hab' sie kennen lernen, alle, alle!

(da Heinrich etwas erwidern will, schnell)

Wo sind die guten Menschen? Weist mir einen!
Der Beste selbst ist da nur gut, wo's nicht
Sein Vortheil, Schelm zu sein.

Heinrich

Du athmest Galle.
Ich bin ein Mensch wie andre Menschen auch,
Doch darf ich sagen . . . .

Konrad (ungläubig)

Geht!

Heinrich (auffahrend)

Du wagtest, Bube? . . .

(lachend)

Nach Deiner Weisheit gäb' es Schelme nur
Und Narren.

Konrad

Freilich, Herr.

Heinrich

Und Du? . .

Konrad

Ich wollte,
Ich wär' ein Schelm.

Heinrich (lachend)

Das ist ein Schelmenwunsch!

Konrad

Herr, nennt es, wie Ihr wollt. Das ändert nichts.

(nach einer Pause)

Ihr seid des Kaisers Freund.

Heinrich

Der bin ich, ja.

Konrad

Warum auch nicht? Ihr tragt aus seiner Hand
Ein Herzogthum zu Lehn noch heut davon.

Heinrich

Und willst Du sagen, daß ich darum nur
Des Kaisers Freund?

Konrad

Gewiß.

Heinrich

Nun wahrlich! . . .

Konrad

Setzt,

Daß, statt Euch Bayern zu verleih'n, der Kaiser
Euch Sachsen nähme. Wie?

Heinrich

Das wird er nicht.

Konrad

Doch wenn er's thäte?

Heinrich

Geh! Du bist nicht klug!

Konrad

Laßt Euern Vortheil sich von seinem scheiden,
Und . . . .

Heinrich

Nun?

Konrad

Ihr denkt nicht, was er für Euch that,
Denkt an der Väter blut'ge Fehde nur,
Ihr seid der Erste, gegen ihn zu stehn!

Heinrich

Mensch! das bei Gott! . . . Doch dank' es Deinem Glück,
Statt Dich zu züchtigen, verlach' ich Dich! —
Du überlust'ger närrischer Gesell,
Bleib' bei mir, wenn Du magst!

Konrad

Was soll ich Euch?
Zu Euerm Hofnarrn taug' ich schlecht. Ihr seht,
Ich rede grad und — deutsch.

Heinrich

Weißt statt der Zunge
Du nicht Dein Schwert auf deutsche Art zu führen?

Konrad

Der Daus! ei, zu nichts anderm kam ich her!
Ich will dem Kaiser folgen.

Heinrich
Warum dem Kaiser folgen und nicht mir?
Sind wir nicht beide eins?

Konrad
Er ist der Größ're.

Heinrich
(erst auffahrend, dann ruhig stolz)
Der Kaiser ist das Haupt, ich bin das Herz,
Das Reich der Körper, dem wir beide dienen.

Konrad
Gar oft in Zwiespalt leben Kopf und Herz. —
Doch topp! es gilt die Probe! Folg' ich Euch,
Dien' ich dem Reiche und dem Kaiser auch.
Ob an den wälschen oder Slavenschädel
Das deutsche Schwert um Einlaß pocht, gleichviel!
Gilt's einen großen Zweck, ich bin dabei
Und setze gern mein werthlos Leben d'ran!

Heinrich
Ein Mann, ein Wort! Willst Du mir dienstbar sein,
Du weißt, wo Du mich findest. Stell' Dich mir.

Konrad
Verlaßt Euch d'rauf! —
(Heinrich geht über die Freitreppe ins Schloß. Während des Vorher-
gehenden sind der Erzbischof von Köln, Wittelsbach u. A. von rechts
nach links über die Bühne ebenfalls ins Schloß getreten. Lanzknechte
entfernen die Hülle von dem kaiserlichen Thronsessel. Volk, von Lanz-
knechten zurückgedrängt, füllt den Hintergrund. — Konrad, Heinrich
nachblickend)
Jetzt, Schicksal, das mich so
Zerschlagen mit der Räuberfaust, komm' an!
Vielleicht noch zwing' ich Dich in meinen Dienst!
Der Löwe rastet nicht, ich folge ihm!
(Er geht schnell nach rechts ab. Aus der Pfalz ist ein Herold getreten,
der, nachdem er in die Trompete gestoßen, die Freitreppe herab kommt.)

———

3. Scene.

Herold. Rudolf. Lanzknechte. Volk.

Rudolf

Das drängt! Zum Henker, mehr zurück! Ich will Euch!

Erster Bürger

Ei, guter Freund, wir wollen auch was seh'n!

Rudolf

Wo alles gaffen will, sieht keiner nichts.

(Der Herold hat mit seinem Stabe Schweigen geboten.)

Volk (durcheinander)

Ein Herold! — hört den Herold! — still doch! — hört!

Herold

(der unter den Reichsschild getreten ist, mit erhobener Stimme)

Friedrich, von Gottes Gnaden deutscher König
Und römischer Kaiser, hat am Donaustrand
Den Schild des Reichs zum Zeichen aufgerichtet,
Daß er, aus Wälschland siegreich heimgekehrt,
Allhier des Reichs Geschäfte ordnen will.

(mit seinem Stabe an den Schild schlagend)

Erscheint, Ihr Fürsten, denn auf seinen Ruf!
Und Ihr auch Alle, die am Kaiserthrone
Mit Bitten oder Klagen Recht begehrt,
Ich rufe Euch, ob Geistliche, ob Laien,
Ob Freie oder Hörige, erscheint!

(Die Lanzknechte haben das Volk ganz in den Hintergrund gedrängt, daß es von der Treppe nach rechts zu im Halbkreise steht. Von rechts sind Graf Bedfort und viele andre Gesandte rechts in den Vordergrund getreten. Gleich darauf erscheinen auf der Freitreppe zwei Reichsherolde. Ihnen folgt Kaiser Friedrich, im Gespräch mit Heinrich dem Löwen, von den Fürsten des Reiches begleitet, aus dem Schlosse tretend.)

Rufe des Volkes

Der Kaiser hoch! hoch! hoch!

Rufe der Gesandten (einfallend)

Es lebe der Kaiser!

(Trompetentusch. Kaiser Friedrich schreitet mit Heinrich dem Löwen und Gefolge einige Stufen herab. Auf halber Höhe der Freitreppe angelangt, bleibt er stehen und die Herolde gebieten, auf seinen Wink, mit erhobenen Stäben den Rufenden Schweigen.)

---

4. Scene.

Friedrich. Heinrich. Wittelsbach, das Reichsschwert tragend. **Graf von Anhalt. Erzbischöfe von Köln** und **Halberstadt** und Andre im Gefolge des Kaisers. — **Erzbischof von Mailand. Graf Bedfort. Spinola. Der pisanische Gesandte. Doctoren von Bologna, Abgeordnete** aus den lombardischen Städten u. A. rechts im Vordergrunde aufgestellt. — **Volk,** von Lanzknechten zurückgehalten, im Hintergrunde.

Friedrich
(nachdem Ruhe eingetreten, auf halber Höhe der Freitreppe)
Ihr Vielgetreuen unsres Reichs, habt Dank!
Und Euch auch Dank, die Ihr von ferne naht!
(er schreitet mit seinem Gefolge die Freitreppe herab, dann zu Heinrich
dem Löwen)
Mein theurer Vetter, möcht' an diesem Tage,
Der friedlich alle Fehde löst, ich gern
Doch Allen lohnen nach Verdienst, doch Deines
Ist größer als ich's lohnen kann. Ich gebe
Dir Bayerns Herzogthum. Du gabst mir mehr.
Erinn're Dich des Tags vor Romas Mauern,
Da meinem Leben Du die eigne Brust
Zum Schilde liehst! Und giltst Du Deinem Kaiser
Der erste Held und Fürst auch seines Reichs,
Dem Freunde bist Du Freund! — —
So bleibe stets, was Du mir heute bist! —
Er nimmt auf dem Thronsessel Platz. Erzbischof von Köln stellt sich

ihm zur Seite, die andern Fürsten nehmen dem Range nach ihre Stellung
um den Thron. Nach einer Pause giebt Friedrich dem Erzbischof von
Köln ein Zeichen; dieser winkt dem Grafen Bedfort vorzutreten.)

Bedfort
(vor dem Throne das Knie beugend)

Erhabenster, glorreichster Fürst und Kaiser,

Heinrich von England legt zu Deinen Füßen

Sein Reich und seine Herrschaft, daß fortan

Nach Deiner Weisheit, Deinem Wink und Willen

Daselbst geschaltet werde. Einigkeit

Und sicherer Verkehr sei zwischen Deinem

Und Englands Volk, doch so, daß, als dem Größer'n,

Dir der Befehl, uns der Gehorsam bleibe! * 2)

Friedrich

Wir danken König Heinrich, Euerm Herrn,

Und wie zur Stunde walte allezeit

Eintracht und Friede zwischen uns und ihm!

(Graf Bedfort tritt unter die übrigen Gesandten zurück. Der Erzbischof von Köln hat von den Rechtsgelehrten von Bologna eine Schrift
erhalten, die er Friedrich überreicht. Friedrich, die Schrift in
Empfang nehmend)

Ist dies die Urkund' uns'rer Hoheitsrechte?

Erzbischof von Köln (bejahend)

Die vier Doctoren von Bologna * 3) haben,

Von achtundzwanzig Räthen unterstützt,

Wie Du befohlen, diese Schrift verfaßt,

Weil Du, o Herr, des blut'gen Zwistes müde,

In Wälschland wie im deutschen Reiche Ordnung

Und Frieden gründen willst auf dem Gesetz.

Friedrich

Und ward, nach unserm Willen, sonder Furcht

Vor Kaisers Macht und Majestät verfahren?

Erzbischof von Köln

Dafür, o Herr, schon bürgen Dir die Namen.

2

Erzbischof von Mailand

Gerechtester der Kön'ge, mächtigster
Und weisester, gesegnet sei der Tag,
Der unter Deiner Herrschaft Schutz und Schirm,
Von ew'gen Friedens Segnungen beglückt,
Italiens treue Städte nun vereint! —
Vom Könige der Könige gesalbt,
Herr, schalte frei. Dein Wille ist Gesetz.
Dein ist des Rechtes Pflege, Dein die Lehen....

Friedrich

Genug. Wir wollen's prüfen und alsdann,
Ist's feierlich an heil'gem Ort beschworen,
Sogleich tret' es in Kraft, daß fürderhin
Nach dem Gesetze nur gesprochen werde,
Nicht über das Gesetz!

(Er giebt die Schrift dem Erzbischof von Köln zurück. Nach einer Pause
tritt auf ein Zeichen des letztern der Gesandte von Pisa mit andern
Pisanern, welche kostbare Geschenke an Seiden= und Purpurstoffen, Elfenbein, Perlen u. s. w. tragen, vor und läßt sich vor dem Throne auf's
Knie nieder.)

Pisa (knieend)

Siegreichster Kaiser, Pisa wirft sich so
Vor Deines Thrones Stufen in den Staub
Und bietet Dir an Seide, Purpur, Perlen
Und Elfenbein der Beute einen Theil,
Die wir den Sarazenen abgerungen.
Empfange huldvoll uns're Gaben, Herr!

Friedrich

Wir danken Pisa, uns'rer treuen Stadt. —
        (da der Gesandte von Pisa knieend verweilt)
Habt Ihr noch sonst Begehr?

Pisa

Du weißt, o Herr, wie Genua im Besitz
Sardiniens uns befehdet, kennst, o Herr,

Der Unſern Treue für das Reich, indeß
Sich Genua ſtets der ſchuld'gen Pflicht geweigert.
Nun wolleſt huldvoll Du, wir fleh'n Dich, Herr,
Was uns Dein Kanzler zugeſagt, gewähren.

    Spinola (vortretend zu Friedrich)
Verzeih! . . .

    Friedrich (die Stirn runzelnd)
  Wie?

    Spinola
  Soll die Wahrheit und das Recht
Verſtummen an des Kaiſers Hof? Im Namen
Des ſtolzen Genua ſag' ich Dir: Was uns
Urkundlich iſt verbrieft, das muß uns bleiben.
Du kannſt es uns nicht nehmen, darfſt es nicht!
Des Reiches Oberhaupt und unſern Herrn
Verehren wir in Dir, doch willſt Du alſo
Nach Willkür uns, nicht nach dem Recht regieren,
So werden wir's nicht feig ertragen, Herr,
Nein, muß es ſein, ſelbſt mit dem Schwert Dir's wehren! *4)

    Erzbiſchof von Köln (zu Spinola)
Seid Ihr von Sinnen?

    Anhalt
  Raſender! bedenkt! . . .
(Friedrich hat ſich bei den erſten Worten Spinolas mit einer Be-
wegung des Zornes erhoben, jetzt ſteigt er einige Stufen hinab, ſieht
Spinola einen Augenblick groß an und legt ihm die Hand auf die
Schulter.)
Obertus Spinola, Du haſt recht geredet.
Das wolle Gott nicht, daß im deutſchen Reich
Nach Willkür je gerichtet werde!
    (zum Erzbiſchof von Köln) Legt
Den Fall hienach uns zur Erwägung vor.

(zu den beiden Gesandten)
Ihr wartet uns'res weiteren Befehls!
(Spinola und die Pisaner treten zurück. Friedrich setzt sich wieder.
Nach einer Pause)
Und nun, daß würdig diesen Friedenstag
Ein Werk der Liebe kröne und Versöhnung,
Sei hier in Regensburg zum Heil des Reichs
Der Lehensstreit um Bayern beigelegt! *5)
(Trompeten von rechts hinter der Scene)
Ist dies mein Ohm von Oestreich?

Erzbischof von Köln

Sieh ihn selbst.
(Jasomirgott tritt von rechts mit den sieben Fahnen der bayerischen
Markgrafschaften auf, die er, ein Knie vor dem Throne beugend, in die
Hände des Kaisers legt.)

––––––

5. Scene.

Vorige. Jasomirgott.

Jasomirgott

Jasomirgotthelf, *6) Herr, da bin ich! — So —
Da leg' ich Bayerns Herzogthum, mein Lehen,
In Deine Hand zurück!

Friedrich

Sei mir willkommen,
Vieltheurer Ohm! —
(Er hat die Fahnen genommen. Zu Heinrich dem Löwen)
Heinrich von Sachsen!...

Heinrich (zu ihm tretend)

Herr?...

Friedrich

Knie nieder, Heinrich!
(er bietet ihm fünf von den erhaltenen Fahnen, die Heinrich knieend
empfängt)
Nimm mit diesen Fahnen

Die Markgrafschaften Bayerns in Besitz.

(er hat das Reichsschwert aus Wittelsbachs Händen genommen und
berührt damit den Scheitel des Knieenden)

So, mit dem Schwert des Reichs, belehn' ich Dich.

Steh auf, Herzog von Sachsen und von Bayern!

(Er giebt das Reichsschwert an Wittelsbach zurück.)

Jubelrufe und Trompetentusch

Heinrich von Sachsen und von Bayern, Heil!

(Heinrich hat sich erhoben.)

Friedrich

(nach einer kurzen Pause zu Jasomirgott, ihm die beiden übrigen
Fahnen zurückgebend, die dieser knieend empfängt)

Die Ostmark nebst dem Lande ob der Ens,

Von Bayern abgelöst, sei Dir, mein Ohm,

Mit diesen Fahnen neu zu Lehn ertheilt,

Und soll forterben auf den weiblichen

Wie auf den Mannessproß.

(Er hat wieder das Reichsschwert genommen. Jasomirgotts Haupt
damit berührend)

Den Pfalzerzfürsten

Des Reiches gleich, erhebe Dich, fortan

Herzog von Oesterreich!

(er giebt Wittelsbach das Reichsschwert zurück)

Jubelrufe und Trompetentusch

Heinrich von Oestreich Heil!

Friedrich (zu Jasomirgott und Heinrich dem Löwen)

Und nun reicht Euch die Hände zur Versöhnung.

Jasomirgott

Jasomirgotthelf! Heinrich, an mein Herz!

(Jasomirgott und Heinrich der Löwe umarmen sich.)

Jubelrufe und Trompetentusch

Oestreich und Bayern Heil! Dem Kaiser Heil!

(Kaiserin Beatrix, Mathildis und Frauen in beider Gefolge kommen
aus der Pfalz die Freitreppe herab.)

———

6. Scene.

Vorige. Beatrix. Mathildis. Hildegard. Gertrud ꝛc. Gefolge.

Friedrich

Sei dieser Tag gesegnet! (zur Kaiserin) Beatrix,
Zur guten Stunde kommst Du, Deine Freude
Zu mischen mit der unsern. Seh'n wir doch,
Zum Heil des Reichs, die lang' getrennten Herzen
Der theuersten Verwandten nun vereinigt!

Beatrix (zu Jasomirgott)

Mein theurer Ohm, willkommen! Heil und Segen
Dem neuen Bunde!

(zu Heinrich dem Löwen)

Tapf'rer Vetter, Euch,
Gesteh' ich's nur, heg' ich geheimen Groll.

Heinrich

Mir, hohe Frau?

Beatrix

Ja, Euch! Der schwarzen Kunst
Zeih' ich Euch, Heinrich, daß, was mein zu Recht
Nächst Gott und Vaterland, daß Ihr dies Herz,

(auf Friedrich weisend)

Das größte aller Herzen mir entwendet!

Heinrich

(in den Anblick Mathildis' versunken, zerstreut)

Ich? . . .

Friedrich

Magst Du's leugnen, Heinz?

Heinrich

(der, auf Mathildis blickend, nur halb gehört)

Verzeiht! . .

Beatrix (lachend)

Nun, nun,

Ein Kaiserherz ist wie des Himmels Sonne,
Die, Allen spendend, d'rum nicht ärmer wird.
(Sie spricht leise zu Heinrich und Jasomirgott, während Friedrich
sich zu Mathildis wendet.)

Friedrich

Mathildis, unf'res königlichen Bruders
Von England traute Tochter, habe Dank,
Daß dieses Festtags Glanz Du nahend mehrst.

Mathildis

Ein winzig Kerzlein, Herr, das eben leuchtet,
So gut es kann.

Beatrix

Der Jungfrau höchster Reiz,
Wenn selbst sie nicht um ihre Siege weiß!

Hildegard (zu Mathildis)

Dies selt'ne Lob, Euch ziemt es voll und ganz.

Beatrix

Nicht mindern Werthes, ob auch andern Sinn's,
Ist meine Hildegard, sie prüft und wählt,
Und scheint sie kalten Herzens vor der Welt,
Uns lehrte sie, wie warm sie lieben kann.

Hildegard

Wen lehrtet Ihr nicht, warm und treu Euch lieben?

Beatrix

Doch andre Liebe auch will ihren Zoll.
Den weigerst Du.

Hildegard

Wer fordert ihn von mir?

Beatrix

Nun, mehr als einer, denk' ich . . . .

Mathildis

Andre Liebe? —
Was nennt Ihr so? — Ich liebe meinen Vater

Und Euch
(die Hand der neben ihr stehenden Gertrud fassend)
                und meine Gertrud, die so treu
Mich pflegte, seit die theure Mutter starb.
Ich liebe Gott den Herrn und jede Blume,
Die Er uns gab in süßen Duft getaucht,
Und was da auf der Erde, in der Luft,
Im Wasser athmend, seinen Schöpfer preist,
Ich möcht' es jubelnd schließen an mein Herz!

Friedrich (zu Heinrich dem Löwen gewendet)
Was sagst Du, Heinz, zu unserm holden Gast?

Heinrich
Nicht Worte find' ich, frohen Staunens voll.

Friedrich
Da nimm Dein Herz nur wohl in Acht! Nicht lange
An unserm Hofe denkt sie zu verweilen.
Wie ich vernehme, sinnt ihr Vater, sie
Mit einem fremden Fürsten zu vermählen.

Heinrich (betroffen)
Was sagst Du, Friedrich?

Friedrich
                Wäre unser Sohn
Zum Freien reif, sie hätte meinen Segen.

Heinrich
Ich achte sie der höchsten Krone werth,
Und wenn mein Herz und meine Hand . . . .

Friedrich
                Gemach!
Du greifst zu hoch!

Heinrich (auffahrend)
                Was wäre mir zu hoch?
Auch ich bin kaiserlichen Blut's wie Du! *1)

Friedrich (nach einer Pause, leicht verweisend)

Man sagt, Dein Stolz ertrüg' es nicht, der Zweite
Im Reich zu sein, und sieh', als Antwort heut
Gab ich des Reiches Hälfte Dir zum Lehn.
Nichts als den Kaiser hab' ich Dir voraus.
(Zu Mathildis tretend, die in Gedanken verloren auf Heinrich blickt,
während Beatrix mit Jasomirgott und Heinrich im Gespräch steht)
Wo bleibt der Schalk? Warum so ernst, Mathildis?

Mathildis

Ich sinne nach, wie, wann und wo dies Bild . . .
Ach wüßtet Ihr, wie seelensfroh ich bin!

Beatrix
(auf Mathildis blickend zu Heinrich)

Noch halb ein Kind! — Der Mutter früh beraubt,
Dem Zwang des Hofes fern, im Klosterschatten
Erschloß die holde Blüthe sich dem Licht.

Friedrich
(auf Heinrich weisend zu Mathildis)

Nimm heut die Zierde deutscher Ritterschaft,
Den Besten uns'res Reiches zum Geleit.

Heinrich (zu Friedrich)

Du spottest meines leichten Werths. —
                    (zu Mathildis) So licht
Umgaukelt wohl ein Traum des Knaben Haupt,
Den Feenmärchen in den Schlaf gewiegt.

Mathildis

Seid Ihr ein fahrender Poet?

Heinrich
                    Wen machte
Mathildis nicht zum Minstrel und zum Sklaven?

Friedrich (zu Mathildis)

Ihr schlagt den Löwen uns in Rosenbande.

Mathildis

O weh! Was würde aus dem deutschen Reich?

Heinrich

(eine Schleife aus ihrem Kleide lösend)

Den Spott bezahlt Ihr. — so!

Mathildis (ihm wehrend)

Mein edler Herzog!..

Heinrich

Gewährt mir diese Gunst! Laßt Eure Farbe
Mich tragen!

Mathildis

Ihr seid kühn!

Heinrich

Das will ich sein!

(er befestigt die Schleife an seiner Rüstung)

Und nun, wer hat der schönsten Fraue sich
Zum Dienst geweiht? Der stell' sich meinem Schwert!

Friedrich

Nun, stör' uns heute nicht dies Friedensfest!
Zu Tjosten und Turnieren thun sich morgen
Die Schranken auf, doch jetzt zum frohen Mahl!
Truchseß und Schenken, waltet Eures Amts!

(Er ergreift die Hand der Kaiserin und wendet sich der Freitreppe zu.
Heinrich und Mathildis folgen, sodann die übrigen Fürsten. Unter
Jubelrufen des Volkes fällt der Vorhang.)

(Ende des ersten Aufzuges.)

Zweiter Aufzug.

---

1. Scene.

Park bei Chiavenna nördlich vom Comer See. Links vorn ein Seitenflügel eines Wohnhauses. Heinrich der Löwe und Konrad kommen
von rechts.

Heinrich. Konrad.

Konrad

Nun, Herr, ich sag' es frank und frei, ich tauge
Zum Liebesboten wie der Bär zum Tanz.
Das Leben hier ist nicht nach meinem Sinn.

Heinrich

Geh' Deines Wegs!

Konrad

       Ich meine, Belzebub
Fuhr Gott ins Handwerk, da er Eva schuf!

Heinrich

Du bist den Weibern gram.

Konrad (bejahend)

        Ob groß ob klein,
Ob blond ob braun, ob schön ob häßlich, pah!
Ein eitel, lüstern, heuchlerisch Geschlecht!

Heinrich

Mit Unterschied!

Konrad
Nun ja, ein jeder schwört,
Die Seine sei nicht Evas Kind!

Heinrich
Geh! geh!
Dir wurde nie der Liebe Glück zu Theil!

Konrad
Der Liebe Glück und Leid. Ich war vordem
An Weisheit auch kein König Salomo,
Doch der sprach: „alles eitel!" und ich meine,
Er hatte sich's versucht!

Heinrich
Ei, Freund, der Mensch
Soll seine Kraft nicht im Genuß vergeuden.
Er schaffe froh, um freudig zu genießen!

Konrad
So laßt uns, Herr, auch Thaten schau'n! Es heißt,
In Wälschland kräh'n die Wetterhähne Sturm.

Heinrich
Geh mir mit Wälschland, da im eignen Reich
Genug der Feinde warten meines Schwerts! —
Jetzt fort! Du siehst, daß Deine Näh' zuviel!
(Konrad entfernt sich nach rechts.)

2. Scene.

Heinrich (allein)
(umherspähend nach dem Hause gewendet)
Heut sah' ich sie noch nicht. — Verhaßter Zwang
Der Hofessitte für ein liebend Paar! —
O trautes Heim, wo meine Huldin weilt!
O Fenster, thu' Dich auf, daß ich sie schaue,
Die meiner Nächte Mond, die mir am Tage

Den lichten Glanz der Sonne überstrahlt! —
Gedachte sie wohl mein? — O wär' ich doch
Der Erdenfürsten mächtigster, die Kronen
Der Welt auf ihrem Haupte zu vereinen!
Doch was bin ich? Des Kaisers Lehnsmann nur,
Der Gut und Leben setzt an fremden Zweck!
Und war doch eine Zeit, wo zu den Sternen
Der Welfe stolz die eigne Bahn sich zog,
Wo meinen Ahnen dieses Reiches Thron
Ein sich'res Erbe galt! Als ein Geschenk
Der Freundschaft und der Gnade wird mir nun,
Was nur ein Bruchtheil meines Rechts! Bei Gott,
Wär's Friedrich nicht, den also das Geschick
Erhöht durch meinen Fall, ich trüg' es nicht!
(Mathildis und Gertrud treten aus dem Hause zur Linken.)
Doch still! — sie ist's!
(Er verbirgt sich hinter den Bäumen des Hintergrundes.)

---

3. Scene.

Mathildis. Gertrud.

Gertrud

   Ja, leugn' es nur, Du zählst
Die Stunden, bis der Tag der Heimkehr naht.
Dein Sinn fliegt mit dem Schwälblein übers Meer,
Und Neugier füllt mit Unruh' Deine Seele,
Den Glücklichen zu schau'n, den zum Gemahl
Der Vater Dir ersehn'.

Mathildis

   Ach, Gertrud, nein.
Wohl zu den Meinen sehn' ich mich zurück,
Und dennoch schweren Herzens scheid' ich hier.

Gertrud

Du Schalk, ich weiß es besser.
(ihre Hand nach Mathildis' Herzen führend)
                    Laß' doch seh'n!
Das hämmert ja! Ei, mach' Du's Andern weiß,
Daß nur der Vater Dich nach England zieht!

Mathildis

Ach, ganz mißkennst Du mich!

Gertrud

                    Du lieber Gott,
Ein fromm unschuldig Bräutchen wie nur eines!
Das ahnt und fragt nicht, was der Knospe Zweck!

Mathildis (ausweichend)

Laß' mich, Du thust mir weh!

Gertrud

                    Denk meinen Stolz!
Ich hab' Dich werden, wachsen seh'n, und nun . . . .
Du schickst die alte Gertrud nicht hinweg.
Wenn auch der schönste, fürstlichste Gemahl
In ihre Rechte tritt, schickst sie nicht weg,
Nicht wahr, Mathildis?

Mathildis (Gertrud umarmend)

                    Gutes, treues Herz,
Wie thöricht sprichst Du doch!

Gertrud

                    Und dann .. und dann . . .
Wie ich so oft Dich wiegte auf dem Schoß, —
Erlebt' ich's doch! — hüpft über Jahr und Tag . . . .

Mathildis (bittend halb vorwurfsvoll)

Gertrud — wenn Du mich liebst, kein solches Wort!
Wen dieses Herz . . .
                    (ablenkend) Doch geh' nur jetzt. Im Haus
Folgt nichts gewohntem Gang, so lang' Du fern.

Gertrud

Ja, ja, ich gehe. Bleib Du fein im Park!
Das färbt die Wänglein roth! ·
(abgehend vor sich hin, wohlgefällig auf Mathildis zurück blickend)
Gott nein! die Freude!..

Mathildis

Ich folge gleich.

Gertrud

Nein, bleib so lang' Du magst!
(Sie geht, Kußfinger zurückwerfend, ins Haus.)

---

4. Scene.

Mathildis, gleich darauf Heinrich.

Nachdem Gertrud sich entfernt hat, zieht Mathildis, nach allen
Seiten um sich spähend, mehrere mit einer Seidenschnur zusammen-
geheftete Pergamentblättchen aus dem Busen. Gleich darauf erscheint
Heinrich, sie beobachtend, im Hintergrunde.

Mathildis

Hier bin ich unbelauscht. Jetzt darf ich's lesen.
Von ihm! laß' seh'n! (liest) „O hehre Frau!"
(küßt das Blatt) Wie lieb!
Mein trauter Heinrich!
(liest wieder)
„O hehre Frau, wie trostesfroh
Ein Kranker hin zum Muttergottesbilde
Den Arm, den Fuß, daß sie sein möchte pflegen,
In Wachs gebildet trägt, und sie, die Milde,
Heilt all sein Weh, laß', Hehre, so
Mein krankes Herz mich Dir zu Füßen legen."
(küßt die Blätter aufs neue)
So treue Lieb' aus einer Heldenbrust!

(lieſt wieder)

„Willſt, ſcheue Taube, Du Dich zu mir neigen,
Dann ſoll der Löwe fromm" ...

(ſie erblickt Heinrich, der hinter den Bäumen hervorgetreten iſt, und
will ins Haus entfliehen)

Ha! ...

Heinrich

Flieh nicht ſo
Vor ihm, den Dein Herz ſucht, wie ſeines Dich!

Mathildis

Ihr brecht der Sitte Schranken allzukühn.

Heinrich

Nur Kühnheit iſt des hohen Preiſes werth!

Mathildis

Ei, mein Herr Ritter, Ihr ſeid ſchlimm! Fein ſittig!
Ihr ſtürmt ja auf ein ſchwaches Mädchenherz,
Als gält's ein Lanzenbrechen.

Heinrich

Daß der Tod
In jeglicher Geſtalt ſich vor mich ſtellte!
In Deinem Dienſte ſpielt' ich mit Gefahren ...

Mathildis (einfallend)

Um alles nicht! Ihr könntet Schaden nehmen!

Heinrich (heftig)

Ihr ſpottet mein! Bei Gott! ....

Mathildis

O, nicht ſo ſtürmiſch!
Die Löwenmähne dürft Ihr ſo nicht ſchütteln,
Auch nicht im Scherz, — da wird die Taube ſcheu.

Heinrich

So lehrt mich Sanftmuth, da Ihr Liebe gebt!

Mathildis

Gemach! gemach! der Zeit bedarf's!

Heinrich

Der Zeit,
Die bald vielleicht uns scheidet? Muß ich's denken?
Euch zu vermählen, ruft des Vaters Wort
Zur Heimath Euch zurück. Ihr geht — wer weiß? —
Des Vaters Wunsch wird bald auch Eurer sein,
Und wie ich's tragen werde, fragt Ihr nicht!

Mathildis

Noch bin ich nicht vermählt. —

Heinrich

Und werdet nie —
O, schwört mir's! — Eure Schönheit, Eure Jugend
Zu liebelosem Bunde leih'n? Mathildis!
Ein Wort nur, daß ich hoffen darf, ein Wort,
Ein armes kleines Wort!

Mathildis

Ein armes? Wie?
Wollt Ihr ein „nein?"

Heinrich

Ein Segenswort, Mathildis!
(da Mathildis, halb verlegen, halb schalkhaft, verneint)
Ihr wendet Euer Haupt, indeß die Lippen
Ein süßes „ja" . . . .

Mathildis

Das mag der Vater sprechen.
Wenn er's so will . . . ich sage „wenn" . . . vielleicht . . .
Ist England Eurer Werbung allzufern?
Nicht wahr? so weit fliegt Eure Liebe nicht!

Heinrich

Bis an das Ende dieser Welt!

Mathildis

Das wäre!

3

Da holt Ihr sie nicht ein. — Bedenkt's Euch recht.
Bis dahin gebt auch mir Bedenkens Zeit!

(sie will nach links ins Haus)

Heinrich

Ich laß' Euch nicht, bevor Ihr mir gestanden . . .

Mathildis

Gestanden? wie? Ihr zeiht mich einer Schuld?

Heinrich

Der allergrößten, ja; aus meiner Brust
Habt Ihr dies tapf're Herz geraubt. Nicht länger
Laßt so mich schmachten! (heftiger) Ich ertrag' es nicht!

Mathildis (ihm nachsprechend)

„Ertrag' es nicht?" Ei sieh, das klingt schon anders.
Wie spracht Ihr doch? Ihr wolltet von mir lernen.

Heinrich (ungeduldig)

Verlangt, was menschlich ist, und quält mich nicht!
Es macht mich toll!

Mathildis (mit geheuchelter Furcht)

Schützt mich, Ihr großen Götter!
Ein toller Löwe! Wohin rett' ich mich?

Heinrich

In meine Arme!

Mathildis (schalkhaft wie oben)

Hilfe!

Heinrich (ungestüm)

Bleib'! Dein Ruf
Soll unter meinem heißen Kuß ersterben!

(Er will sie umfassen. Mathildis eilt zur Thür, dann)

Mathildis (zurücksprechend)

Auf und davon! Mein kühner Löwe, merk's,
Der Taube ward ein Flügelpaar gegeben.
Sie schwingt sich auf — nun fang' sie, wenn Du kannst!

(Sie eilt ins Haus. Heinrich will ihr folgen. Graf Bedfort tritt
aus dem Hintergrunde hervor. Heinrich wendet sich unwillig zurück.)

———

5. Scene.

Heinrich. Bedfort.

Bedfort
(mit einer entschuldigenden Verbeugung nach dem Hause gewendet)
Mein Auftrag geht an Englands Königstochter,
Die heut noch diesen Hof verläßt.

Heinrich (betroffen)
Noch heut?

Bedfort (bejahend)
Nach ihres hohen Vaters Wunsch und Willen
Führ' ich Mathildis übers Meer zurück.

Heinrich
Doch diese Hast ... was kann ....

Bedfort
Der Kaiser sendet
Gemahlin selbst und Kind hinweg. Es scheint,
Der Friedenssaat entsproß des Krieges Frucht.

Heinrich
Der Kaiser wollte, wo mich andre Pflicht
Gebieterisch nach Norden ruft, — unmöglich! —
Nach Wälschland zieh'n?

Bedfort
Ich zweifle nicht, er wird.
D'rum suchen wir den Hafen vor dem Sturm.

Heinrich (bei Seite)
Mich von Mathildis reißen, gerade jetzt!
(mit dem Fuße stampfend zu Bedfort)
Welch sinnlos Unternehmen, dieser Krieg!

Bedfort
Daß er nach Euerm Sinn nicht, weiß der Kaiser,
Und eben darum ...

Heinrich
Wie?

3*

Bedfort

Es ward uns kund,

Daß Kaiser Friedrich....

Heinrich

Nun?..

Bedfort

Daß er, der Kaiser,

Unfroh der Macht, die er zu Lehn Euch gab,...

Heinrich (spöttisch ungläubig)

Wahrhaftig?..

Bedfort

Mißtrau'nsvoll, schon insgeheim

Gewillt, Euch Bayern zu entzieh'n.

Heinrich

(ist bei Bedforts Worten erblassend zusammengefahren, dann nachdem
er ihn mit einem verächtlichen Blicke gemessen)

Sagt an,

War's nicht ein Bedfort, der um Beatrix,

Die Erbin von Burgund, zu freien wagte,

Die dann der Kaiser heimgeführt?

Bedfort

Mein Herzog,

Ihr könntet glauben?...

Heinrich

Glauben, Graf? Ich weiß,

Ihr tragt dem Kaiser Groll, und mich zu lieben,

Gab ich Euch auch nicht Anlaß.

Bedfort

(wuthschäumend, dann mit erzwungener Gelassenheit)

Herzog!.... Doch

Ich steh' als Mann des Friedens hier. — Lebt wohl!

(er geht nach links in das Haus)

Heinrich (ihm höhnisch nachblickend)

Man weiß, ein Kriegsmann war Graf Bedfort nie!

————

6. Scene.

Heinrich (allein)

Der Schändliche! nein, beim allmächt'gen Gott!
Das gleicht ihm nicht! Könnt' ich es denken! . . . .
(schaudernd) Fort!
(die Hand aufs Herz pressend)
Das ist die Falte hier, wo todt nicht, nein,
Von Freundesliebe nur in Schlaf gewiegt
Der Väter Groll! Nährt Friedrichs Herz ihn auch?
Sänn' er voll Mißtrau'n zürnend jetzt zurück,
Daß einst Lothar des Reiches Krone trug,
Daß ihm zu Recht mein Vater wär' gefolgt
Und meinem Vater ich?*¹⁾ Wenn ihn, den Staufen,
Jetzt reute, daß im Freunde er zugleich
Der Welfen feindlich Haus so hoch erhoben! —
Sein ist der gold'ne Reif, doch rag' ich nicht
An Macht ihm gleich, ja höher noch als er?
Dreimal mit meinem Erbland meß' ich seines.
Und wenn er nun? . . .
(furchtbar zusammenzuckend) „Du greifst zu hoch!" — Die Hölle
Raunt mir dies Wort ins Ohr! — Wär's dennoch wahr?
Warum mit schnödem Hohn wies er die Gluth,
Die für Mathildis mich beseelt, zurück?
Sieht er mit scheelem Aug' des Freundes Macht?
Lieh er mir seine Gunst aus Klugheit nur,
Da ihm mein Arm zu seinen Zwecken gut?
[Und fürchtet nun, daß Albions Leopard
Dem Löwen sich vereine? — Still! wer kommt?]
(Konrad tritt eilig aus dem Hintergrunde auf.)

7. Scene.

Heinrich. Konrad.

Konrad

Herr, schlimme Zeitung geht in Euerm Lager.
Nur allzuwahr erweist sich das Gerücht:
Im Aufruhr hat der Obotriten Volk
Sich wider Euch erhoben.

Heinrich

    Nur gemach!
Schlag' nicht gleich Feuerlärm! Wie ward Dir Kunde?

Konrad

Graf Bernhard von der Lippe, Herr, und Adolf
Von Holstein fand ich im Gespräch, und laut
Ward Euer Thun geschmäht.

Heinrich

    Wie?

Konrad

     Daß zu lange
Ihr müßig säumt. Längst solltet kampfesfroh
Am Elbstrom Ihr mit Euern Mannen stehn.

Heinrich

So? sagt man das? Und Du?...

Konrad (achselzuckend, ausweichend)

     Herr, fragt mich nicht. —
Schlagt Euch, vertragt Euch, ich bin Euer Mann.

Heinrich

Ei, Freund, der Löwe führt nicht Krieg zum Spaß,
Bedenk es wohl.

Konrad

    Herr, wo es, unbeschadet
Der Pflicht für Reich und Kaiser, kann gescheh'n,
Bin ich der Eure, d'rum ins Feld! — ich folge —
Und lieber heut als morgen.

Heinrich

Nun, so eile!
Ruf unser Kriegsvolk zu den Waffen schnell!
Wir brechen heut noch auf!

Konrad

Ins Slavenland?

Heinrich

Wen fragst Du, Bursch? Hinweg! gieb den Befehl!
(Konrad eilt nach rechts.)

---

8. Scene.

Heinrich (allein)

Fort! fort! Hier ist nicht Luft! — Aus meinem Herzen,
Unwürdiger Verdacht, der meine Pulse
Wie einer bösen That Bewußtsein hemmt!
(nach dem Hause der Mathildis gewendet)
Was, da sie scheidet, fesselt noch mich hier?
Fahr' wohl, Mathildis, bis ich werbend nahe,
Den köstlichsten Besitz mir zu erringen!
Bis dahin, weilst Du ferne, schlage stolz
Der Ruf von Heinrichs Thaten an Dein Ohr!
Was ist zu kühn um Deiner Liebe Preis?!
(Graf Bernhard von der Lippe kommt eilig von rechts.)

---

9. Scene.

Heinrich. Bernhard.

Heinrich

Graf Bernhard, so in Eil'?

Bernhard

Nun, endlich doch!
Ich such' Euch schon die Kreuz und Quer.

Heinrich

Ich wette,
Kommst, mich zu schelten, Bernhard.

Bernhard

Ja, bei Gott!
Ist das erhört? Ihr seht nicht rechts, noch links. —
Der Kaiser wüthet ob der Wälschen Trotz.

Heinrich

Ich weiß.

Bernhard

Ihr wißt? Kreuzhagel, seid Ihr zahm!
Geht! folgt dem Kaiser! und derweilen brenne
In Euerm eignen Reich, was brennen mag. —
Euch wird noch übler Lohn für Eure Treue!

Heinrich

Wie das? was meinst Du?

Bernhard

Nun, Ihr wollt's nicht seh'n,
Wie Philipp, Erzbischof von Köln, und Ulrich
Von Halberstadt des Kaisers Ohr bestürmen . .

Heinrich

Friedrich — das weiß ich — hört nicht ihren Rath.

Bernhard

Seid Ihr für alle Zukunft deß gewiß?

Heinrich

Ich sollt' es meinen.

Bernhard

Nun, so weiß auch ich,
Man tadelt längst, daß wider deutschen Brauch
Zwei Herzogthümer einer Hand verlieh'n,
Verdächtigt Euch und Euer Thun und warnt
Den Kaiser listenvoll

(höhnisch)
vor der Gefahr,
Die von des Welfen Macht dem Reiche droh'!*7)

Heinrich

Und er, der Kaiser? ...

Bernhard
Weigerte sich erst,
Doch auf der Fürsten Drängen und Begehr
Gelobt' er feierlichst, nicht fürder Euch
An Macht zu fördern, nein,
(bitter)
„zum Wohl des Reichs"
Mit seinem Ansehn Eurer Macht zu wehren.

Heinrich

Das hätte er gethan?

Bernhard
Verlaßt Euch d'rauf.
Und jetzt — als guter Reichsstand — sollt Ihr ihm
Nach Wälschland folgen.

Heinrich
Höll' und Tod!

Bernhard
Ja, wahrlich!
Und Pribislaw, der Obotritenfürst,
Und Anhalt, Köln und Halberstadt, die haben
Die Hände frei nun wider Euch.

Heinrich
Ich werde
Ihm nicht nach Wälschland folgen.

Bernhard
Und auch nicht
Zum Kampf Euch wappnen wider Pribislaw?
(halb zum Gehen gewendet)
Herzog, — ich will den Löwen suchen geh'n!

Heinrich

Der Löwe brüllt nicht, ist er sprungbereit.

(Trompetensignale von rechts hinter der Scene)

Auf jetzt! Hörst Du im Lager die Trompeten?
Sie rufen Heinrichs Mannen auf zum Streit!

(Sie gehen schnell nach rechts ab. Der Vorhang fällt.)

(Verwandlung.)

---

10. Scene.

Das deutsche Lager bei Chiavenna. Lagerzelte im Hintergrunde. Kaiser Friedrich und Deutsche Fürsten kommen von rechts. Zwei Bürger von Lodi, mit Kerzen in den Händen, bleich und verstört, werfen sich Friedrich zu Füßen.

Friedrich. Erzbischof von Köln. Jasomirgott. Anhalt. Deutsche Fürsten und Krieger. Zwei Bürger von Lodi.

Friedrich (zum Erzbischof von Köln)

Ist Botschaft noch von Mailand nicht im Lager?

Erzbischof von Köln

Noch immer nicht.

Friedrich

Nun wahrlich, unser Zorn
Ist übergroß wie unsre Langmuth war!

Bürger von Lodi (auf den Knieen)

Erbarm' Dich Deiner treuen Kinder, Herr!
Erbarm' Dich Lodis, Deiner treuen Stadt!
Sieh unsre Thränen, unsre Noth!

Friedrich

Steht auf!
Ihr habt mein Kaiserwort, Recht soll Euch werden!

(Die Bürger von Lodi erheben sich und treten unter Friedrichs Gefolge zurück. Friedrich nach rechts blickend)

Wer kommt?

Inhalt
Es ist der Pfalzgraf Otto, Herr.
(Otto von Wittelsbach kommt eilig von rechts.)

---

11. Scene.

Vorige. Wittelsbach.

Friedrich (erstaunt)

Sieh da, Herr Pfalzgraf! Nun, was führt Euch her?
Ich wähnt' Euch, Eures Amtes waltend, fern.

Wittelsbach

Herr, dem Gesetz und Deinem Wink gehorsam,
Setzt' ich an Deiner Statt die Obrigkeiten
Den wälschen Städten vor und ließ das Volk
Dir und dem Reich den Eid der Treue schwören.
Kein Widerstand! Doch als sich Mailands Thor
Geschlossen hinter mir und den Gefährten,
Da geht ein Brausen durch die Stadt und näher
Und lauter dringt es: „Tod den Deutschen!"

Friedrich

                                        Wie?

Sie wagten es? . . .

Wittelsbach

              Hör' weiter an! Umdroht,
Beschimpft, verfolgt, kaum bahnten mit dem Schwerte
Wir uns den Weg. Schon sinkt die Nacht. Belagert,
Gefangen auf dem Stadthaus! Draußen dumpf
Tönt Glockenruf zum Sturm und Feuerbrände
Droh'n uns den Flammentod. Da, in der Stunde
Der Noth, erscheint Gherardo, Mailands Konsul,
Der, uns zu retten, eine treue Schaar
Gesammelt um die Thüren, und, verkleidet,

In Nacht und Nebel, einzeln, wir davon!
Die Kunde Dir zu bringen und, will's Gott,
Zu besserm Kampf Dir unsre Kraft zu sparen!

Friedrich

Weh! dreimal wehe über sie!

Wittelsbach

Des Uebels Hälfte nur vernahmst Du erst.
Des Aufruhrs Flamme lodert nicht allein
In Mailands Mauern, nein, vom Kardinal
Von Ostia geschürt, erfaßte schnell
Bologna sie, Verona, Bergamo.
Ermordet wurden viele Deiner Treuen,
Verjagt die andern und — vernimm's! — beschworen
Ward in dem Kloster Puntido ein Bund
Von allen wälschen Städten Dir zum Trutz.
Pavia nur blieb seinem Kaiser treu.

Erzbischof von Köln (nach rechts blickend)

Die Abgesandten Mailands nah'n.

---

12. Scene.

Vorige. Erzbischof von Mailand. Guintellini und Andre;
später Heinrich der Löwe. Bernhard. Konrad und Gefolge
Heinrichs.

Erzbischof von Mailand (auftretend)

Wir kommen
In Demuth, wider ungerechten Zwang
Zu Deinen Füßen, Herr, um Schutz zu fleh'n,
Zu klagen . . . .

Friedrich (ihn unterbrechend)

Erzbischof, nicht Mailand ziemt's,
Hier Klage führen. — Redet! Ist es wahr,

Daß Eure Stadt, beschworenen Vertrag
Mißachtend, Lodi feindlich überzog,
Und, Stadt und Land verheerend, seine Bürger
Als Bettler nackt auf die vier Straßen warf?

Erzbischof von Mailand

Was auch gescheh'n, glorwürd'ger Fürst und Herr . . .

Friedrich (ihn unterbrechend heftig)

Ich frage, ist es wahr?

Erzbischof von Mailand

   Wir leugnen's nicht.

Friedrich

Ist's wahr, daß Ihr die Boten Eures Kaisers
Verhöhnt, ja — deß' B a r b a r e n s i t t e scheu —
Selbst der Gesandten heilig Haupt bedroht?

Erzbischof von Mailand

Verdamme um der Wen'gen schweren Fehl,
Den alle wir beweinen, Herr und Kaiser,
Nicht auch die Guten Deiner treuen Stadt!

Friedrich

Schamlose Gleißner, T r e u e? Eure Rede,
Von Honigsüße triefend, täuscht mich nicht! —
Was ward im Kloster Puntido beschworen?

Guintellini

Zu weigern, was Dir nicht gebürt, die Freiheit
Italiens zu behaupten und die Kirche
Bei ihrem Recht zu schirmen wider Dich!

(Während der letzten Rede sind H e i n r i c h, B e r n h a r d, K o n r a d ꝛc.
von links aufgetreten.)

Friedrich (zu den Mailändern)

Eidbrüchige Verräther! * 8) Wahrlich, nicht
In Eurer Brust wohnt Eurer A h n e n Geist!
Bei u n s ist Romas Schwert und Roms Gesetz!
Bei uns wohnt Pflicht und Ehre, Treu' und Glauben,

Bei Euch nur Hoffahrt, Willkür, Wankelmuth,
Und freches Spiel mit Worten wie mit Eiden! —
Aus meinen Augen, Ihr Rebellen! — fort! —

---

13. Scene.

Vorige ohne die Mailänder.

Friedrich (zu den Fürsten)

Ihr hört es, Deutschlands Fürsten, wie man Trotz
Und Hohn dem Kaiser in das Antlitz schleudert.
Bewährt jetzt Eure Treue für das Reich!

Wittelsbach

Befiehl! Wir steh'n gewärtig Deines Winks!

Köln

Laß' weh'n das Reichspanier!

Anhalt

Nach Wälschland auf!

Jasomirgott

Wohin Du führst, folgt Oestreich Deinem Schwert!

Die übrigen Fürsten

Wir alle! alle! Auf zum Kampf!

Friedrich

Habt Dank! —
So werf' ich diesen Handschuh in die Luft
Als Fehdezeichen, und geächtet seien
Die Städte alle des Lombardenbundes!

(Er hat den Fehdehandschuh in die Luft geworfen.)

Die Fürsten

Sie sind geächtet alle!

Friedrich

(Zu Heinrich tretend, der stumm, in sich gekehrt, gestanden, legt ihm die
Hand auf die Schulter. Heinrich schreckt bei der Berührung zusammen.)

Heinrich, Du schweigst? Doch Du hast Recht. Was braucht's
Der müß'gen Reden auch?

Heinrich

Zähl' nicht auf mich!

Friedrich (gutmüthig verweisend)

Du läßt von Deiner Art nicht, guter Heinz!

Heinrich (ungeduldig)

Noch einmal, Friedrich, zähle nicht auf mich. —
Just um von Dir zu scheiden, kam ich her.
Du weißt die Kunde, die mich heimwärts ruft.

Friedrich (unwillig)

Geh! bringe mich nicht auf mit solcher Rede!
Für Deutschlands Ehr' und Größe zieht der Kaiser
Nach Wälschland in den Streit. Du wirst ihm folgen!

Heinrich

Hab' ich für Deutschlands Größe nichts gethan?
Wo Slavenstämme einst verwildert hausten,
Da blühen Städte auf, da siehst Du Handel
Und Bürgerfleiß gedeih'n. Und soll dies Alles
Zerrinnen wie ein Knabentraum? Was stolz
Mit deutschem Blute deutsche Kraft errungen,
Will mit dem Schwert ich hüten und bewahren,
Und darum kann und darf ich Dir nicht folgen! *[9]

Friedrich

Ist's möglich, Heinrich, wie? Du wolltest? . . . nein!

Heinrich

Gieb Mailands Boten milderen Bescheid.
(da Friedrich etwas erwidern will, schnell)
Bethört, blindwüthend eilst Du ins Verderben!

Friedrich

(der, seinen Sinnen nicht trauend, mit den Händen nach der Stirn gefahren, nach einer Pause, während der er Heinrich forschend angesehen)

Du folgst mir nicht?

Heinrich

Ich hab's gesagt.

(zum Gehen gewendet)

Leb' wohl!

Friedrich (ihn zurückhaltend)

Wie? Deinen Namen, bei deß' hehrem Klang
Ein jedes Herz in raschern Pulsen schlägt,
Dem Feinde schrecklich und dem Freund verehrt,
Auf ew'ge Zeit brandmarken wolltest Du?
Nein! nein und dreimal nein!

Heinrich

Dich selbst klag' an.
Dich trifft allein die Schuld! ja Dich! Dein Stolz
Greift nach des Himmels Sternen und es soll
Der Erdball Deiner Füße Schemel sein.
Für Deine Herrschsucht jagst Du Deine Opfer
Zahllos in den gewissen Tod, doch, wahrlich,
Mit meiner Sachsen und der Bayern Blut
Sollst Du nicht Wälschlands Boden tränken!

Friedrich

Heinrich!
Magst so Du wider Gott und Wahrheit reden?
Faßt' ich zum Schwerte meines Vortheils willen?
Mit seinem letzten Pulse schlägt dies Herz
Für Deutschlands Ehre nur! — Wie? soll der Kaiserdom,
Den Karl und Otto glorreich fügten, morsch
In Trümmer sinken? Statt den Bau zu krönen
Mit stolzer Thürme und Fialen Zier,
Sollt' aus den Pfeilern ich mit frevler Hand, —
Das kannst Du wollen? — selbst den Grundstein lösen?

Heinrich

So folg' Du Deinem Sterne, ich dem meinen!
Und komme, was da mag! Fluch sei der Stunde,

Da Kaiser Karl die Römerkrone nahm,
Den Feuerreif, der hirnversengend allen,
Die ihn zeither getragen, Wahnsinn zeugte!

Friedrich
Du rasest selbst! nur Du sprichst wahnbethört!

Erzbischof von Köln
Du siehst nun, Friedrich, wie Du zum Verderben
Des Reiches ihn so stolz erhöht!

Anhalt
O hättest
Du, Herr und Kaiser, unser Wort gehört!

Heinrich (höhnisch)
Leih' Köln und Anhalts weisem Rath Dein Ohr! —
Bleibt Dir in Deutschland nichts zu thun? Im Norden,
Da liegt der Schwerpunkt Deines Reichs. Dort will,
Ein Sämann, ich der Zukunft Samen streu'n.
Was hier Du baust, ist nimmer von Bestand.
Doch — hab' ich gleich nicht Goldes Ueberfluß —
Ich biete gern Dir, was ich kann und habe.
Nicht andre Hilfe fordre jetzt von mir!

Erzbischof von Köln (vorwurfsvoll zu Friedrich)
Ich warnte längst. Jetzt ist's am Tage.

Friedrich
(die Hand vor die Augen gepreßt, schmerzvoll)
O! —
Mußt' es bis dahin kommen? — dahin? —
(mit gewaltsamer Fassung zu Heinrich)
Wohl! —
Du willst es so! — bei Deiner Lehenspflicht,
Bei Deinem Eid befehl' ich Dir's, Dein Kaiser!

Heinrich (das Haupt trotzig zurückgeworfen)
Befehlen, was der Bitte ich versagt?
Ich folge nicht!

4

Friedrich (außer sich gen Himmel)

Du hörst es, Gott im Himmel!

Die Kaiserlichen (drohend gegen Heinrich)

Verrath! ergreift ihn! nieder!

Sachsen und Bayern (um Heinrich geschaart)

Sachsen hoch!

Wir steh'n getreu zu Dir!

Friedrich

(nachdem er den Seinen Ruhe geboten, beschwörend zu Heinrich)

An's Feindesschwert,

So Du die Hilfe weigerst, lieferst Du
Den Kaiser und sein Heer!

Heinrich

Nicht ich, Du opferst
Die Blüthe deutscher Jugend Deinem Wahn!

Friedrich

Es gilt des Reiches Majestät! Bei allem,
Was hier und droben heilig, folge mir!

Heinrich (sich abwendend)

Laß' ab! Du hoffst umsonst, mich zu bewegen!

Friedrich

Und kann Dich nichts bewegen, sieh mich hier,
Sieh Deinen Kaiser Dir zu Füßen, Heinrich!...

(Er wirft sich zu Heinrichs Füßen nieder. *10) Die Kaiserlichen eilen
in Bestürzung hinzu. Das Nächstfolgende ist in schnellerem Tempo zu
spielen.)

Heinrich

(gleichfalls bestürzt, bemüht, ihn aufzuheben)

Friedrich!.. Steh' auf!

Wittelsbach und Andere

(theils bestürzt dazwischen tretend, theils entsetzt sich abwendend)

Herr, was beginnst Du? — Schmach! —

Friedrich (zu Heinrich)

Laß' den Triumph nicht unfern Feinden! Denke,
Was Du mir warst, wie hoch ich Dich erhob!

Heinrich

Aus Freundschaft nicht geschah's! Bei Gott, Du nähmest
Zur Stunde gern mir mehr noch als Du gabst,
Und was Du gabst, das gabst Du nur, mich ganz
Nach Deinem Wink und Willen zu regieren.
Sie nennen mich den Löwen. Wohl, sieh' zu,
Was ohne Deinen Löwen Du vermagst!
(Während der letzten Rede ist Beatrix von rechts hinzugetreten.)

---

14. Scene.

Vorige. **Beatrix** mit einigem Gefolge.

Beatrix
(mit edelm Stolz Friedrichs Hand fassend)

Steh' auf, mein Herr und mein Gemahl! Nicht also
Vor Deinem Lehnsmann beuge Dich!
(Friedrich steht auf)
                    Der Himmel
Führt Dich zum Siege wohl auch ohne ihn!
Einst wirst Du, wiederkehrend, dieser Stunde
Und seiner Hoffahrt denken! * 10)

Friedrich
(der sich wie gebrochen, mit dem Ausdruck des tiefsten Schmerzes er=
hoben hat)
                    Ja — hab' Dank! —
Du mahntest recht! —
(furchtbar auffahrend, während er das Schwert aus der Scheide reißt
und Heinrich anfällt, zu diesem)
                    Vertheid'ge Dich!

Heinrich
(der ebenfalls das Schwert gezogen und den Streich auffängt)

Komm' an!

(Alle ziehen die Schwerter und theilen sich in zwei streitende Parteien,
auf Heinrichs Seite Sachsen und Bayern.)

Sachsen und Bayern

Hie Welf!

Die Kaiserlichen

Hie Waibling!

(sie dringen fechtend auf einander ein)

Beatrix (im Vordergrunde)

Haltet ein! um Gott! . . .

Konrad
(aus Heinrichs Gefolge zum Kaiser übertretend, zu Heinrich)

Herzog, ich scheide mich von Euch!

Heinrich (ihn anfallend)

Hie Welf!

Konrad (parirend)

Hie Kaiser und Reich!

(Sie fechten. Beatrix hat sich mit einer flehenden Geberde zwischen
Friedrich und Heinrich geworfen.)

Friedrich (zu den Kaiserlichen)

Haltet ein! —

(die Kämpfenden treten auseinander. Friedrich zu Heinrich gewendet)

Zieh' hin und gründe Dir ein Reich
In Deutschlands Norden! Leime einen Thron
Aus Deines Kaisers Herzblut Dir zusammen!
Was ihn auch fürder treffen mag, Du führtest
Den qualvollst schwersten Streich auf seine Brust!
Das, Heinz, vergiebt sich nie! Fahr' hin, doch wisse,
Siehst Du mich wiederkehren, weh' Dir! wehe!
Wie ich mich liebend an Dich hing, so soll
Mein Haß sich fest an Deine Fersen heften!
Ich will Dich beugen, Dich und Deinen Stolz,

Und, auf den Knien Dich windend, sollst die Schmach
Du zehnfach büßen, die Du mir gethan!
Doch fall' ich in der Männerschlacht und sinkt,
Getreu der Pflicht, noch stolz im Unterliegen,
Mein Heer ins Grab, ins Grab durch Deine Schuld,
Dann mart're das Gedächtniß dieser Stunde
Dich ruhelos, dann hetze und verfolge
Mein Geist Dich bis zum Tage des Gerichts!

   (das Schwert drohend gegen Heinrich aufgehoben)

Wir seh'n uns wieder!

(Er geht schnell nach links ab. Beatrix und die Kaiserlichen folgen.
Heinrich, mit den Sachsen und Bayern, bleibt, ihm in großer Bewegung nachblickend, auf der Bühne zurück. Der Vorhang fällt.)

   (Ende des zweiten Aufzuges.)

Dritter Aufzug.

1. Scene.

Schlachtfeld bei Legnano. Im Hintergrunde Buschwerk und Bäume, im Vordergrunde rechts eine kleine Anhöhe, davor, zur äußersten Rechten, ein Oelbaum und einiges Gebüsch. Das Heer der Lombarden zieht von links nach rechts über die Bühne, voran die letzten des Hauptcorps, alsdann eine Schaar Mailänder Adelige, ganz in schwarzer Rüstung, den Fahnenwagen in ihrer Mitte. Auf den Kommandoruf hält der Zug, während eben ein Theil der Nachhut, Fußvolk von Brescia, von links auf die Bühne kommt.

Guintellini. Erzbischof von Mailand. Bordoni. Giussano. Hauptleute und Soldaten von Mailand und Brescia.

Guintellini (noch links hinter der Scene)

Halt!

(auftretend zu Bordoni und Giussano, nach dem Hintergrunde weisend)

Ihr von Brescia! — Hier der Boden taugt,
Von Gräben oft gefurcht, zu unserm Plane.
Dort in den Büschen bergt Ihr Euch dem Feinde,
Ins dunkle Laub hüllt Eurer Waffen Glanz,
Und eh' der Deutschen Macht, gebrochen, nicht
Hieher zurückedrängt, gebt Ihr nicht Laut!* 11)

Bordoni

Nach Euerm Willen treulich soll's gescheh'n.

(Bordoni und Giussano ziehen sich mit den Brescianern nach links hinter die Scene zurück, so daß die Mailänder mit ihrem Fahnenwagen die ganze Bühne einnehmen. Der Erzbischof von Mailand ist von links aufgetreten.)

Erzbischof von Mailand

So steh'n wir denn vor blutiger Entscheidung!

Guintellini

Ehrwürd'ger Herr, Ihr spendet Lebensbrod
Den Streitern Gottes auf dem Todeswege.

(niederknieend)

Gebt Euern Segen uns zum heil'gen Kampf!

(Alle knieen gesenkten Hauptes vor dem Erzbischof.)

Erzbischof von Mailand

Ich segne Euch und mit Euch Eure Kinder
Und Kindeskinder, so Ihr treu verharrt,
Und nehme von Euch Eurer Sünden Last.
Amen.

Alle

Amen.

(sie erheben sich wieder)

Guintellini (nach einer kurzen Pause)

Erles'ne Schaar aus Mailands Heldenjugend,
Die Stunde kam, verhaßter Ketten Zwang
Zu brechen mit dem Schwert. In Eurer Hand
Ruh'n die Geschicke Eures Vaterlandes.
Gott leiht Euch sichtbar seinen Arm. Der erste,
Der mächtigste von Deutschlands Fürsten ließ
Mit seinen Völkern Kaiser Friedrichs Heer.
Verheißungsvoller nie schlägt uns die Stunde.
Wenn heut wir unterliegen, sinkt mit uns
Auf alle Zeit Italien in den Staub.
Laßt unsrer Väter reiche Fluren nicht
Des Fremdlings Beute sein. Gebt Eure Greise
Nicht der Verhöhnung, Frau'n und Mädchen nicht
Der Schande preis! Soll unsre kaum den Trümmern
Erstand'ne Stadt auf's neu' in Trümmer sinken?
Soll'n wir in Büßertracht — die Geistlichkeit
Barfuß, mit Kerzen in den Händen, wir

Das bloße Schwert, statt in der Faust, mit Schmach
Auf unserm Nacken tragend, und die Bürgerschaft,
Mit Stricken um den Hals, in Sack und Asche
Uns zu des Siegers Füßen winden?   Nein,
Ihr habt es auf den Leib des Herrn geschworen:
„Sieg oder Tod!"

Alle
Sieg oder Tod!   Wir schwören's!
Freiheit und Vaterland!   Sieg oder Tod!

(Sie schlagen lärmend ihre Waffen gegeneinander.   Von links her tönt
ein kriegerischer Marsch hinter der Scene.)

Guintellini (nach links zurückblickend)
Das ist der Deutschen Kriegsmusik! es gilt!

Erzbischof von Mailand
(die Hände flehend zum Himmel erhoben)
Herr Du im Himmel droben, sei mit uns
Und der gerechten Sache!

Guintellini
Auf, Ihr Freunde!
Geschaart um Mailands Banner wollen wir
Auf jenen Hügeln ihres Angriffs warten.
Laßt die Trompeten tönen!   Vaterland
Und Freiheit!

Alle (unter Trompeten und Waffenlärm)
Vaterland und Freiheit!

(Sie gehen nach rechts.   Die Bühne bleibt einen Augenblick leer.   Die
Musik der Deutschen tönt näher, dann kommen Friedrich, Wittels=
bach und andere deutsche Fürsten und Krieger, unter denen auch
Konrad, von links.)

———

2. Scene.

Friedrich. Erzbischof von Köln. Jasomirgott. Wittelsbach. Anhalt. Deutsche Fürsten und Krieger, unter denen Konrad.

Friedrich (auftretend)

Schweigt die Musik! — —

(Der Marsch verstummt. Friedrich, um sich schauend, weist nach dem Hintergrunde)

Wie heißt der Ort?

Wittelsbach

Busto Arsizio, Herr.

Friedrich (der die Anhöhe rechts bestiegen)

Ganz recht. — Dies ist Borzano, und Legnano
Dort mehr zurück.

Wittelsbach

So ist's, mein Herr und Kaiser.

Friedrich (nach links zurückschauend)

In weiter Krümmung dort fleußt der Ticin.

[(nach einer Pause wieder nach rechts)

Sie wählten ihre Stellung gut. Ging's an,
Sie zögen Wall und Graben sich zum Schutz.]

Wittelsbach

Mein Fürst und Herr, zehnfältig überlegen,
In sichrer Stellung harrt der Feind. Steh' ab
Vom Angriff, bis Dein Kanzler, Erzbischof
Christian von Mainz, mit neuem Kriegsvolk naht.

(da Friedrich eine mißbilligende Bewegung macht)

Erwäge, Herr . . .

Friedrich

Es ist erwogen, Pfalzgraf.
Der wackre Mainzer selbst hat schweren Stand.
Zu weit nach Süden drang er vor und schleift,
Kommt mit den Seinen er uns heil zurück,
Ein Feindesheer von größrer Ueberzahl

An seinen Fersen nach. Auch leiden wir
An allem Mangel und des Sommers Gluth
Rafft Hunderte dahin, indeß die Macht
Des Feindes stets bedrohlich sich vermehrt.

Wittelsbach

So wirst Du, Herr, nach Deiner Weisheit thun.
Dich warnen, heischte Pflicht, doch Wittelsbach
Hält treu zu Dir im Leben wie im Tode!

Friedrich
(nach einer Pause, nachdem er aufmerksam nach rechts geblickt)

Fünf Treffen steh'n sie stark. Die Reiterei
Von Brescia links, daneben läßt Piacenza
Sein Banner weh'n, dann folgt Novaras Schaar.
Vercelli dort und Lodi, mit Gewalt
Zum Kampf getrieben wider uns. Zuletzt,
Mit Sanct Ambrosius' güld'nem Bild geziert,
An mächt'gem Pfahl ragt Mailands Banner stolz.*[12]

Wittelsbach
(blickt, die Augen mit der Hand beschattend, nach rechts)

Viel auserlesen Volk ist d'rum geschaart.
In schwarzer Rüstung steh'n sie.

Erzbischof von Köln

              Ihnen selbst

Ein böses Omen!

Jasomirgott

         So mir Gott helf, ja,
Sie trauern im Voraus um Mailands Fall!

Friedrich (zu Jasomirgott)

Das walte Gott, mein wackrer Ohm! — Doch jetzt . . .
(zu Wittelsbach)
Du, Wittelsbach, hast stets Dich kühn bewährt. —
Von links her, ungestümen Muthes, wirf
Die Reiter Brescias auf den Feind zurück!

Wittelsbach

Ich sterbe oder thu' nach Deinem Wort!

Friedrich (zu Jasomirgott)

Wir, Ohm, g'radan auf Mailands Fahnenwagen!

Jasomirgott (zu seinem Kriegsvolk,

Jetzt Kinder, beißt die Zähne aufeinand!
Jasomirgotthelf! 's wird ein heißer Tag!

Friedrich

Auf denn mit Gott ins Feld! Hie Kaiser und Reich!

Alle (unter Waffenlärm)

Mit Gott für Kaiser und Reich!

(Kriegerische Musik. Alle gehen nach rechts. Getümmel hinter der Scene.
Nach einer Pause treten Bordoni, Giussano und Brescianer Hauptleute von links aus dem Hintergrunde hervor.)

---

3. Scene.

Bordoni. Giussano. Hauptleute und Krieger aus Brescia.

Bordoni (zu den Brescianern)

Halt da! Noch ist's nicht Zeit. Ihr wartet still,
Bis daß der Feind, geworfen, nach dem Flusse
Zum Rückzug drängt, dann auf ihn ein, und lebend
Entgeht uns keiner! Was das Schwert verschont,
Verderbe in den Wellen des Ticin!

(er besteigt die Anhöhe zur Rechten)

Laßt seh'n, wie steht der Kampf? —

(nach rechts hinausblickend)

Die Rasenden,

Sie laufen blind in den gewissen Tod!

Giussano (ebenfalls die Anhöhe besteigend)

Zehnfach ist unsre Ueberzahl. Zermalmt
Sinkt Deutschlands Thrannei heut in den Staub!

Andere Hauptleute

Der Tag der Rache ist gekommen! — Fluch
Dem fremden Räuber! — Fluch ihm! Rache! Rache
Für all die Schmach, die wir erlitten!

Bordoni

                Dort

Schon mitten im Gewühl der Unsern — er —
Der heervernichtend Zorngewaltige,
Der Barbarossa selbst!

Giussano
    Daß er verderbe!

Bordoni

Hei! wie die Streiche fallen! — Einer Schmiede
Gepoche scheint's! — Man unterscheidet nichts —
Nur Wolken Staubes rings — dazwischen Blitzen
Von Schwertern — Feuerbrände! — Meiner Seel',
Ich seh' die Funken sprüh'n! —
    (Jubelgeschrei der Deutschen hinter der Scene)
        Horch!

Giussano (entsetzt nach rechts blickend)
            Gott im Himmel!
Ein Keil von Eisen, bohrt der Deutschen Heer
Sich tief in unsre Reih'n!

Bordoni
        Schmach uns! die Reiter
Von Brescia flieh'n — sie reißen in Verwirrung
Piacenzas Fußvolk mit! — auch Lodi weicht!

Giussano
Verloren! weh! nach allen Seiten flieh'n
Die Unsern auseinander!

Bordoni
      Das sind nicht Menschen,

Nein, Höllenteufel von dem obersten
Der Teufel selbst geführt!
(von der Höhe herabsteigend, zu den Brescianern)
Auf jetzt! noch hält sich Mailands tapfre Schaar.
Vielleicht, daß wir noch das Verhängniß wenden!

Giuſſano (noch oben, nach rechts weisend)
Seht dort! ..

Bordoni
Was ist?

Giuſſano
Er fällt! Triumph! er fällt!

Bordoni
Wer fällt?

Giuſſano
Er selbst, der Rothbart ist gefallen!

Bordoni (wieder die Anhöhe hinauf eilend)
Der Rothbart? wie?

Giuſſano
Ich seh' ihn nicht mehr!

Bordoni
Dort —
Der Pfalzgraf drängt zu ihm — er ringt sich auf —
Er steht — er kämpft, doch weichend. — Wie verzweifelt
Stürmt Mailands Jugend vor!

Giuſſano
Die andern auch!
Sie sammeln sich auf's neu'! Der Tag ist unser!
(von rechts her ertönt der Ambrosianische Lobgesang hinter der Scene)
Horch! durch den Kampf, wie's tausendstimmig tönt,
Des heiligen Ambrosius Lobgesang!

Bordoni (hinabsteigend)
Sie flieh'n! — der Kampf drängt hieher! — Gebt das Zeichen!
Ein auf sie! Rache gilt's!

Giussano

Es gilt die Freiheit!

Alle (unter Trompeten- und Waffenlärm)

Freiheit und Vaterland!

(Sie gehen nach rechts. Getümmel hinter der Scene, dann kommen Deutsche von Lombarden verfolgt, kämpfend von rechts nach links über die Bühne. Friedrich, verwundet, tritt kämpfend auf. Konrad steht ihm schützend zur Seite.)

---

4. Scene.

Friedrich. Konrad. Bordoni. Deutsche und Lombarden.

Friedrich (wild sein Schwert schwingend)

Ihr wälschen Hunde, muß so deutsche Kraft
An Eurer List verderben?

(zu den Deutschen)

Steht! Zu mir!

Hie Kaiser und Reich!

Bordoni (mit Lombarden auf ihn eindringend)

Italien hie!

Friedrich

Die Hölle

Verschlinge Euch!

(Er schlägt Bordoni zu Boden. Konrad verjagt die übrigen. Friedrich schmerzvoll auf die Erschlagenen und Fliehenden blickend)

O Heinrich! Heinrich! Heinrich!

Warum hast Du mir d a s gethan?!

Konrad

Mein Kaiser,

Vieltheurer Herr, Du blutest. Aus dem Kampf
Laß' mich hinweg Dich führen!

Friedrich

Nein, nicht also.

Ich will . . . ich will . . .

(er fährt taumelnd mit der Hand nach der Stirn)

Mein Heiland! . . Luft! Licht!

(zusammenbrechend)

Staub

Vom Staube!

(Er sinkt ohnmächtig in Konrads Arme, der ihn ganz im Vordergrunde
zur Rechten, vor dem Hügel, am Fuße des Oelbaums niederläßt.)

Konrad

(erschrocken über ihn geneigt)

Weh! mein Herr und Kaiser! — Todt?! —

(neben dem Ohnmächtigen knieend)

Doch nein, das ist der Tod nicht! —

(Kampfgeschrei von rechts hinter der Scene)

Deutschlands Hort,

Ich will Dein Hüter sein!

(Er hat den Purpurmantel von des Kaisers Schulter genommen, des-
gleichen nimmt er Helm und Schild des Kaisers und löst von ersterem
mit dem Schwerte den goldenen Kronreif ab, ihn unter seinen Kleidern
verbergend.)

Vom Helm dies Kleinod lös' ich — so — und nun —

(Er steigt auf den Hügel und schleudert Mantel, Helm und Schild des
Kaisers nach rechts hinter die Scene.)

Sammt Schild und Mantel ins Gewühl der Schlacht!
Seid falsche Todesboten uns zum Heil!

(Er kommt wieder herab und stellt sich mit gezogenem Schwerte schützend
über den Kaiser.)

Wittelsbach (von rechts hinter der Scene)

Weicht nicht, Ihr Freunde! haltet Stand! Zu mir!

Lombarden (ebenso)

Sieg! Sieg! der Rothbart ist erschlagen! Freiheit!

Deutsche (treten fliehend auf)

Der Kaiser ist gefallen! flieht! verloren!
Verloren alles!

(Wittelsbach, den Mantel des Kaisers in der Hand, kommt von rechts.)

---

5. Scene.

Vorige. **Wittelsbach.** (gleich darauf) **Guintellini. Giussano.**
Erzbischof von Mailand. Deutsche und Lombarden.

Wittelsbach (schmerzvoll b. S.)

Todt! — der Kaiser todt! —

Sein Mantel! — armes Vaterland! —

(die Fliehenden anrufend, laut)

Zu mir!

(den Mantel des Kaisers um seine Schultern werfend, b. S.)

Vergieb mir, Geist des Todten, doch es muß!

(das Schwert über seinem Haupte schwingend, zu den Deutschen, laut)

Der Kaiser lebt! Hie Kaiser und Reich!

(er geht nach links)

Deutsche Krieger

(sich um ihn schaarend, kämpfend nach links)

Der Kaiser!

(Guintellini, Giussano und Lombarden, deren einer mit Helm und
Schild des Kaisers, kommen verfolgend von rechts.)

Giussano

Ich sah ihn fallen, glaubt es mir!

Guintellini (nach links weisend)

Du Thor!

Sieh dorthin!

Giussano

Wie? er selbst? ein Truggespenst!

(auf die Beute des neben ihm stehenden Lombarden weisend)

Sein Helm, sein Schild sind dies!

Guintellini (befremdet)

So standen heut

Der Barbarossa zwei im Feld. Dort flattert
Sein Mantel stolz! ihm nach!

(Er geht mit Giussano und Lombarden nach links.)

Erzbischof von Mailand

(mit andern Lombarden von rechts kommend)

Ein halber Sieg ist dieses Tags Gewinn,

So er der Heimath Berge wieder schaut!

Lombarden

Ihm nach! Italien und die Freiheit!

(Alle gehen nach links. Die Signale und der Kampflärm tönt ferner.)

Konrad (nach einer Pause)

Der Kampf zieht dorthin! —

(Wittelsbach nachblickend)

Pfalzgraf, rette Du

Das deutsche Heer! ich rette ihn, den Kaiser!

(Während er sich niederbeugt, den Kaiser vom Boden aufzuheben, fällt
der Vorhang.)

(Verwandlung.)

---

6. Scene.

Burghof in Pavia. Mondheller Abend. Rechts das Burgthor; links
führen einige Stufen ins Innere der Burg, auf denselben kauert ein
verwundeter Krieger. Beim Aufziehen des Vorhangs kommen von rechts
und links Lanzknechte [und Diener], in Bestürzung einander begegnend.

Kaiserliche Lanzknechte [und Diener]. Ein Verwundeter.

Erster Lanzknecht

Ist's wahr? — Ertrunken, heißt es, im Ticin.

Zweiter Lanzknecht

Gefallen, sagen andre, in der Schlacht!

Erster Lanzknecht

Dem Krähenschwarm, den Gott verdamme, muß
Der Kaiseradler so zur Beute werden!

(den Verwundeten bemerkend)

Weißt Du was näh'res von des Kaisers Tod?

Verwundeter

Weiß nichts. Die Wälschen schrie'n „Triumph! der Kaiser,

5

Der Rothbart ist gefallen!" doch wir sah'n
Nicht, was geschah. In Wolken Staubes dicht
War alles rings gehüllt und war nicht Zeit,
Viel umzuschau'n. Surr! kam ein Wurfgeschoß
Dahergesaust, und hui! ein Schwerthieb. Paff!
Und eine Streitaxt steckt im Schild!

Erster Lanzknecht

                    Potz Wetter!
Hast auch 'nen Arm dort lassen.

Verwundeter

                    Blieb ein Stumpf,
Zu nichts mehr nutz.

Erster Lanzknecht

                Nun, kannst von Glück noch sagen,
Daß es der linke ist.

Verwundeter

                Mein' Seel', ich gäbe
Den rechten gern dazu, wär' er am Leben!

[Diener

Mein Sohn ist auch dahin. Gott hab' ihn selig!
Die Mutter heult und rauft ihr Haar. 's ist hart.
Doch was sind wir? Der Kaiser todt — er todt,
Solch hochgemuther Herr!]

Erster Lanzknecht
(nach einer Pause zum zweiten)

Was, meinst Du, wird im Reich nun werden? Heinrich,
Des Kaisers Sohn, ist halb ein Kind.

Zweiter Lanzknecht

                    Ich fürchte,
Dem Mächtigsten gilt seine Macht für Recht.

Erster Lanzknecht

Du meinst den Löwen.

Zweiter Lanzknecht

Ja, der über Sachsen
Und Bayern und im weiten Slavenland
Gleich einem König schaltet.

Erster Lanzknecht

Nimmer wird
Ein guter Schwabe dem Verräther folgen!

Zweiter Lanzknecht (nach links blickend)

Hinweg! die Kais'rin kommt hieher!

(Alle durch das Burgthor zur Rechten ab. Von links kommt Beatrix,
in einen schwarzen Schleier gehüllt, auf Hildegard gestützt, mit ihren
Frauen, alle in tiefster Trauer. * 13) Kaplan, Wittelsbach und einiges
Gefolge.)

---

7. Scene.

Beatrix. Hildegard. Kaplan. Wittelsbach. Gefolge.

Beatrix

Nein, sprecht mir nicht von Trost! Wo wäre Trost
In meinem Wittwenleid? O Friedrich! Friedrich!
Mein königlicher Herr und mein Gemahl!
Du glichst dem Berg im Süden, in der Brust
Der Lava Feuerstrom, gewaltig drohend,
Im Zorne schrecklich, doch so mild zumal;
Des ew'gen Himmels Sonne warst Du gleich,
Rings Lebenswärme, Lebenswonne spendend,
In Millionen Herzen mannigfalt
Zu edelm Thun die schönen Keime legend.

Hildegard

Er ragte über menschlich Maß. Er trug,
Ein Atlas, auf den Schultern eine Welt.
Ach, Göttergröße dauert nicht hienieden!

Beatrix

Du, Hildegard, Du fühlst, was ich verloren!
Du, die sonst muthvoll, hoffnungsfroh, auch mir
Der Hoffnung Muth erhöht, stehst gramverzagt
Und leidest, mitempfindend, wie ich selbst.

(da Hildegard in Thränen ausbricht)

Ja, weine! weine! Mir versiegte schon
Der Thränen Quell, die um Gemeines leicht
Und willig fließen.

Kaplan

Blicke zu den Sternen,
Vieledle Tochter, auf! Was ist der Mensch?
Ein Stäubchen nur im Staube vor dem Herrn.

Beatrix

Ach, das empfind' ich tief und schmerzlich nun.
Wehklagen sollte mit mir die Natur!
Doch unsrer Qual zum Hohn lacht kalt und fremd
Der Mond hernieder und die Sterne wandern
In ihren Bahnen, achtlos, wie zuvor,
Als wäre nichts gescheh'n! —
O, was wird nun aus Deinen Kindern, Herr?
Unmündig noch ist Heinrich, unser Sohn.
Wer ist ihm Schutz und Schirm? Wer mag sein Recht
Mit starkem Arm behaupten an die Krone?

Wittelsbach

Vieledle Frau, wir alle steh'n zu Euch!

Beatrix

Ach, Wittelsbach, was seid Ihr ohne ihn?
Was sind die deutschen Lande ohne ihn?
Ein edles Roß, des hohen Reiters baar.
Wer darf den Zügel fassen? Muß ich's denken,
Daß er vielleicht, der ihn verrieth, sein Erbe
Wird an sich reißen?

Kaplan

Das verhüte Gott!

Wittelsbach (ergänzend)

Und unser gutes Schwert!

(Beatrix steht schmerzvoll auf Hildegard gestützt. Der erste Lanzknecht kommt von rechts.)

---

8. Scene.

Vorige. Erster Lanzknecht.

Wittelsbach (zum Lanzknecht)

Was giebt's?

Erster Lanzknecht

Zwei Reis'ge harren vor dem Thor.
Sie bringen wicht'ge Zeitung. Was es sei,
Der Kais'rin selbst nur wollen sie's vertrau'n.

Beatrix

Ach, mir ist keine Kunde mehr Gewinn!
Doch heißt die beiden nah'n!

(Der Lanzknecht geht nach rechts. Gleich darauf kommt Friedrich, ver-
kleidet, die Stirn verbunden, auf Konrad gestützt, von rechts. Als er
Beatrix in Trauerkleidung erblickt, verräth er durch eine unwillkürliche
Geberde seine Bewegung. Konrad läßt sich vor Beatrix aufs
Knie nieder.)

---

9. Scene.

Vorige (ohne den ersten Lanzknecht). Friedrich. Konrad.

Konrad (knieend)

Heil Dir und Segen, hehre Frau!

Beatrix

                              Du grüßest
Des Kaisers Wittib, Mann. Sprich ihr von Heil
Und Segen nicht! — Doch sag', wer bist Du, Fremdling?

Konrad

Der Wen'gen einer, die nach blut'gem Kampf
Die Heimath schau'n, und daß ich treue Kunde
Vom Kaiser bringe, meinem Herrn, bezeuge
Dies Kleinod . . . .

(Er hat die Krone unter dem Mantel hervorgenommen und bietet knieend
dieselbe der Kaiserin dar.)

Wittelsbach
(die Krone aus Konrads Hand nehmend)

Wie? die Krone?

Andere (erstaunt)

Dieser Reif? . . .

Wittelsbach
(der Kaiserin den Kronreif darreichend, mit unwillkürlich gebeugtem Knie)

Des Kaisers Helmzier war's.

Beatrix
(den Kronreif aus Wittelsbachs Hand nehmend, schmerzvoll)

O ew'ger Himmel!

So mahnt mich schrecklich alles: „Friedrich todt!" —

(sie reicht den Kronreif einem aus ihrem Gefolge, dann nach einer
Pause zu Konrad)

Sprich's aus! gieb mir Gewißheit meines Weh's!
Wo ruht sein heilig Haupt? Wie, oder ward
Von Feindeswuth ihm selbst das Grab verwehrt?

Hildegard (zu Konrad)

Fremdling, bedenke schonend Deine Rede.
Gieß Balsam in die Wunden, die Du schlägst!

Konrad

Auf ungehoffte Botschaft laß' Dein Ohr
Mich, hehre Frau und Kaiserin, bereiten.
Die Kunde lügt, die Friedrich in der Schlacht
Gefallen sagt.

Beatrix

Die Kunde lügt?

Kaplan

Mein Sohn,
Fachst Du auf's neu' erlosch'ner Hoffnung Gluth,
Der hohen Dulderin die Qual zu mehren?

Beatrix

Um Gott, verhehl' mir nichts!

Konrad

(nachdem er mit Friedrich einen Blick des Einverständnisses gewechselt)
In furchtbar'm Ringen wich der Deutschen Kraft,
Nur er noch stand, der Kaiser. Doch zuletzt,
So wie der Eichbaum unter schnödem Schlag
Der Aexte wankt und, fallend, die begräbt,
Die ihn gefällt, so er. —
(nach einer Pause auf ein Zeichen der Kaiserin fortfahrend)
Der Pfalzgraf raffte
Des Kaisers Mantel auf. „Zu mir!" so tönt
Sein Ruf durchs Feld. Ihm nach drängt Freund und Feind,
Im Kaiserschmuck ihn selbst, den Kaiser wähnend.
Doch der fühlt mählich neu Bewußtsein kehren,
Erhebt sich halb, blickt um sich, sieht voll Schmerz
Der Seinen stolze Saat gemäht, das Feld
Mit blut'gen Halmen ringsum überstreut.

Beatrix

(aus Konrads Worten neue Hoffnung schöpfend)
So lebte er? .. er lebte!

Konrad

Vom Geschick
Gebeugt, doch nicht gebrochen, schleppt der Held
Sich hin zum Ufer des Ticin — sein Pfad
Durch Feindesschwert und Tod — und wunderbar
Ersteht im Kampf ihm neu die alte Kraft.

Hildegard

Gott war mit ihm! er zwang den Tod! —

(da Beatrix keines Wortes mächtig steht)

Vollende!

Konrad

Er kommt zum Flusse, der wildschäumend droht,
D'rin, ach, so viel der Unsern ruh'los treiben.
Er stürzt hinein, theilt mit gewalt'gem Arm
Die Fluth . . .

Beatrix

(die jedem seiner Worte in athemloser Erwartung gefolgt ist, in schmerz-
voller Ahnung ihn unterbrechend)

Und findet im Ticin sein Grab!

Friedrich

(der sich bisher im Hintergrunde gehalten, von seinem Gefühl übermannt
zur Kaiserin tretend)

Nicht diesen Schmerz! entwölke Deine Stirn!

(ihr den Schleier vom Haupte zurückschlagend)

Hinweg den Schleier!

Beatrix (hoheitsvoll zurücktretend)

Fremdling, Ehrerbietung,

Wenn nicht der Kaiserin, dem Schmerz des Weibes!

Wittelsbach (zu Friedrich)

Du wagst? . . .

Friedrich (den Arm um die Kaiserin schlingend)

Wer darf mir's wehren?

Wittelsbach und Andere

(die Hand ans Schwert gelegt)

Rasender! . . .

Konrad (erschrocken dazwischen)

Haltet ein! es ist . . . .

(Friedrich hat die Binde vom Haupte geworfen und sieht Wittelsbach, der halb das Schwert gezogen hat, hoheitsvoll lächelnd an.)

Wittelsbach (zurückprallend und ins Knie sinkend)
Der Kaiser!

Friedrich

Beatrix,

Erkennst Du mich?

Verschiedene Stimmen
Der Kaiser!

Beatrix
(die, ihren Augen nicht trauend, ihn angestarrt, aufjauchzend)

Friedrich! Friedrich!

Du selbst! Du bist's! Du liebster aller Menschen!
(sie wirft sich in seine Arme)

Friedrich

O, Beatrix, so kehrt Dein Friedrich heim!
(Er hält sie zärtlich umfangen. Alle stehen freudig bewegt.)

Hildegard
(auf Friedrich und Beatrix blickend, dankerfüllt gen Himmel)

Du hörtest meiner Seele Fleh'n! er lebt!
Der Kaiser lebt!

(zu Konrad)

O edler Mann, und Euch,
Euch dankt die Welt dies Glück?

Konrad (der sich nach rechts entfernen will)
Ich that, was Pflicht, nicht weniger noch mehr.

Hildegard

Wo eilt Ihr hin?

Konrad

Mein Werk ist hier gethan.

Hildegard

Wie? Der den Kaiser schirmte in der Schlacht,
Verschmäht gerechten Lohn für seine Treue?

Konrad

Belohnt genug, da Lebensfülle mir
Im Feld des Todes auszustreu'n beschieden,

Da ich dem Schilde meiner Ahnen neu
Den alten Glanz verlieh'n! Und ist die Perle
Des Dankes mir in Deinem treuen Aug'
Nicht höhern Werths als Kaiser Friedrichs Gold?
Mir ward der reichste Lohn. — Leb wohl!

(er geht schnell nach rechts ab)

Hildegard
(macht eine Bewegung, ihn zurückzuhalten; dann, nachdem er sich entfernt
hat, ihm nachsprechend, träumerisch)

Leb wohl!

---

10. Scene.

Vorige ohne Konrad.

Beatrix (zu Friedrich)
Ich ruh' an Deiner Brust. Du bist's, Du lebst!
Ein Traum nur war's, der mit so grausen Bildern
Die Seele mir geängstigt, und ich bin
In Deinen starken Armen nun erwacht!

Friedrich
O Schmerzensglück! vereinigt! — Wonnestunde,
Mit Qualen schwer erkauft!

Beatrix (unter Thränen)
Mein Herr und Kaiser!

Verschiedene Stimmen (jubelnd durcheinander)
Der Kaiser ist zurück! Der Kaiser lebt!

Kaplan (zu Friedrich)
Heil Dir, mein Sohn, und Preis sei droben dem,
Der gnädig Dich den Deinen wiedergab!

Alle
(indem sie huldigend vor Friedrich niederknieen)
Heil! Heil! Dem Kaiser Heil!

Friedrich

Habt Dank, Ihr Treuen!

Beatrix

(zu Hildegard, die in großer Bewegung Konrad nachgeblickt hat)

Was ist Dir, Hildegard?

Hildegard

Ach, meine Seele
Ist Glücks und Dankes übervoll!

Beatrix

Du trugst
Aufopfernd stark die Hälfte meines Weh's.
Du sollst hinfort nur meine Freude theilen!

Wittelsbach (zu Friedrich)

O Herr, ein Wunder gab Dich uns zurück!

Friedrich

Ein Wunder, Pfalzgraf, ja, des Höchsten Gnade
Durch eines Treuen Hand! —

(um sich blickend und Konrad vermissend)

Wo blieb er, sagt,
Der mir, ein guter Geist in nächt'ger Stunde,
Das halb entfloh'ne Leben hat bewahrt?

Wittelsbach

Der mit Dir kam, verließ, da Alles Dir
Zuerst entgegenjauchzte, diese Burg.

Friedrich

Auf! eilt ihm nach!

(Einige der Umstehenden entfernen sich nach rechts.)

Will er — verhüt' es Gott! —
Der Gnade seines Kaisers sich entzieh'n?
Ohn' ihn wohl ruht' ich jetzt in fremder Erde!

Beatrix (schluchzend)

O Friedrich!

Friedrich (lächelnd)

Sei getrost. Dein Friedrich lebt!

(zu den Versammelten)

Der Kaiser kehrte wieder, zu belohnen
Mit stolzem Lohn, die treu zum Reiche standen,
Doch auch zu strafen. — Heinrich, ruft es aus,
Von Sachsen und von Bayern laden wir
Nach Worms, wohin zum Reichstag wir die Fürsten
Und zum Gericht entbieten.

(die Hand der Kaiserin fassend)

Doch bevor
Wir irdisches Geschäft beginnen, kommt,
Daß wir dem Herrn ob Seiner Gnade danken

(schmerzvoll feierlich)

Und fromm der Todten denken im Gebet!

(Er geht mit Beatrix nach links. Alle folgen. Orgelklänge ertönen
aus dem Innern der Burg. Der Vorhang fällt.)

(Ende des dritten Aufzuges.)

Vierter Aufzug.

1. Scene.

Zimmer im Palast Heinrichs des Löwen zu Braunschweig. Eine Mittelthür, links eine Thür, rechts ein Fenster. Stühle, Tisch u. s. w. Eine Blumenvase, ein Spiegel, eine Schatulle und eine Laute auf dem Tische. Mathildis hat soeben die Stickerei an einem Waffenrock beendet. Gertrud tritt kopfschüttelnd aus der linken Seitenthür.

Mathildis.   Gertrud.

Mathildis (aufstehend)

So! sei's genug!
(die Arbeit wohlgefällig entfaltend)
Es nimmt sich stattlich aus!
(Gertrud im Hintergrunde bemerkend)
Wie wird es meinen Helden zieren!

Gertrud

Herrlich
Wie Sanct Georgen. — Doch mein Herzblatt denkt
Nicht an sich selbst. Vor Tag schon aus dem Bett
Und jetzt, um Mittag, noch im Morgenkleide!

Mathildis

Ja, schilt mich tüchtig, Gertrud, ich verdien's!

Gertrud

Ganz bleich und übernächtig! bienenemsig,
Tipp, tipp, so stichelt sie für ihren Schatz.
Geh, ist das Recht? Und Deine Mägde feiern.

Mathildis

Mißgönnst Du mir die leichte Müh' für ihn?

Gertrud

Als wärst Du eines Hör'gen Weib! Ich will's
Auch haarklein alles heim dem Vater schreiben,
Das heißt, ich . . . .

(da Mathildis lächelt)

Nun? was lachst Du? „Weiß schon, Alte,
Du kannst nicht schreiben!" — he? — Gleichviel! sollst seh'n!..

Mathildis

Das brummt und brummt! Aus Dir spricht Eifersucht!

Gertrud

Du und Dein Staarmatz, Ihr singt nur ein Lied:
„Komm, Heinz, komm, lieber Heinz!"

Mathildis (scherzhaft drohend)

Du Böse, wart!

Gertrud

Kind, poche nicht zu sehr auf Deine Jugend.
Mehr gelten froher Sinn und rothe Wangen
Dem Eh'gemahl als selbst die treu'ste Liebe!

(Mathildis nimmt zwei Rosen aus der Vase, steckt sich die eine vor
die Brust und reicht Gertrud die andere, sich vor den Spiegel setzend)

Mathildis

Da will ich gleich mich schmücken zum Empfang,
Daß meinem Trauten ich gefalle. — Komm!
Die Rose hier ins Haar — so —

Gertrud (um sie bemüht)

Sitz nur still!

Mathildis

Du stichst mich ja.

Gertrud

Dich sticht die Ungeduld.

Mathildis

Nicht doch, Du thust mir weh!

Gertrud

(hat die Rose befestigt, wohlgefällig)

So — nun ist's recht.

Das Königskind im Märchen ist nicht schöner.

(Mathildis auf die Stirn küssend)

Zu schön, zu zart für Deinen wilden Mann!

Mathildis

Ein Kind ist sanfter nicht.

Gertrud

Gott steh' mir bei!

Kaum daß er siegreich heimgekehrt, den Slaven,

Den Dänen neu gebändigt, ruhelos

Dem zott'gen Bären, Ur und Eber nach!

Mathildis

(die sich erhoben hat, träumerisch b. S.)

Ihn fesselt nichts, selbst Rosenketten nicht!

(nach einer kurzen Pause)

Ist Wehrfried draußen?

(da Gertrud bejaht)

Ruf' ihn doch herein!

Gertrud

Daß Gott erbarm'! wirst ihn mit Fragen quälen!

„Wo bleibt mein trauter Heinrich?" Möchtest wohl

Auf Schritt und Tritt ihn hüten, auf der Birsch

Wie in dem Kämmerlein! Nun, nun, ich gehe!

(geht einige Schritte, kehrt dann noch einmal zurück)

Wie schwatzt Dein Staar? „Komm, Heinz! komm, lieber Heinz!"

(Sie geht nach links ab. Mathildis blickt ihr, schmerzvoll lächelnd, nach.)

———

2. Scene.

Mathildis (allein)

Was mich bewegt, das, Gertrud, ahnst Du nicht! —
Er liebt mich treu, doch ist er glücklich? Ach,
Kann er es sein, von Acht und Bann bedroht?
Kann er's in dem Bewußtsein seiner Schuld? —
Ihn martert die Erinn'rung jener Stunde,
Da seinen Herrn und Kaiser .... O, mein Heinrich,
Ob Du Dir's selbst auch nicht bekennen magst,
Das ist's, ich fühl's, was ruh'los Dich verfolgt,
Den sonnenhellen Tag in Nacht verkehrt,
Die Blüthen unsrer jungen Liebe knickt.
Das Herz thut mir so weh, wenn's ihn gewaltsam
Hinweg aus liebender Umarmung reißt.
Oft fährt er auf: „mein Pferd!" und stürmt hinaus,
Und selbst im Traum ruft er des Kaisers Namen. —
Daß nimmer Dir, wie Deinem Vater einst,
Der Reichskleinodien Glanz das Aug' geblendet,
Dir selbst, ach, nicht zum Heil und mir zur Qual!
(Sie steht in Gedanken verloren. Wehrfried kommt von links.)

---

3. Scene.

Mathildis. Wehrfried.

Mathildis

Komm näher, guter Wehrfried. Sahst Du heut
Den Herzog? sprachst Du ihn? Ritt er allein?
Was möcht' ich alles Dich auf einmal fragen!
Blickt er zufrieden?

Wehrfried

Stand im Bügel stolz,
Und Roß' und Reiters Augen sprühten, gleich

Als ging's zur Schlacht, nicht auf die Bärenhatz.
Dann hui! in wildem Jagen übers Feld,
Und die ihm folgten, ließ er weit zurück!

Mathildis (triumphirend)

Mein stolzer Renner! trüge er mich mit!
(sinnend)
Doch, Wehrfried, ob ihn alle seh'n wie ich?
Mit meinen Augen? Sag' mir's, hängen treu
Die Herzen all' an Heinrich, meinem Herrn?

Wehrfried

Wie mögt Ihr fragen?

Mathildis (Geld aus der Schatulle nehmend)

Sieh, er ist so gut.
Dies alles gab er mir zu mildem Zweck.
(sie giebt Wehrfried das Geld)
Du wirst in seinem Namen es vertheilen,
In seinem Namen, merke wohl, in seinem.

Wehrfried

Gott segne ihn und Euch!

Mathildis

Ward, laß' mich hören,
Ward nie des Tadels Stimme laut? . . . Du weißt . . .

Wehrfried

Was meint Ihr, Frau?

Mathildis

Du sahst ihn düstrer nicht,
Zornmüthiger als sonst?

Wehrfried

Ist er gestrenge,
Ihm steht es zu, er ist der Herr. Es soll
Der Reiter wohl, thut's noth, den Sporen führen.
Das Roß bäumt hart sich auf, schäumt ins Gebiß,

6

Doch trägt's ihn treu an's Ziel und ist belohnt,
Wenn er zum Dank den Hals ihm streichelnd klopft.

Mathildis

Du wunderlicher Mann! Und seine Treuen
Vergleichst Du einem unvernünft'gen Thier?

Wehrfried

Nein, Fraue, mit Verlaub. Ein Pferd, das ist
Kein Thier wie Hund und Katz', es ist ein Theil
Des Reiters selbst, versteht ihn, ist sein Freund,
Sein Kampfgenoß, und stirbt er, gräbt's ein Grab
Wohl mit den Hufen und bestattet ihn
Und trauert wie kein Lieb um ihren Trauten. —
Der Herzog weiß genug, was wir ihm sind.
Für sich ist keiner nichts und gleicht der Null,
Doch stellen wir uns hinter ihn, den Zähler,
Sieht er uns nicht verächtlich an, bei Leibe!
Dann sind wir etwas, und er selber ist
Durch uns nur, was er ist.

Mathildis

     In Demuth stolz!
Du wackrer Kriegsmann! Doch noch eins ... daß er,
Daß Heinrich sich vom Kaiser schied — sag' an! —
Wird's nicht geheim getadelt und Du selbst,
Trägst Du ihm keinen Groll?

Wehrfried

     Nein, Frau, der Sachse
Schwört seinem Herzog. Was der Herzog thut,
Ist recht und wohlgethan. D'rum fürchtet nichts!
Wir schützen ihn trotz Kaisers Acht und Bann.
Ob er gefehlt, ob nicht, ist seine Sache.
Das mag er selbst vertreten!

(Jagdhörner hinter der Scene. Mathildis eilt an's Fenster. Stimmen
von rechts her hinter der Scene.)

Mathildis

Horch!

(mit ihrem Tuche hinauswinkend)

Sie sind's!

(zu Wehrfried, hinausweisend)

Was bringen sie?

Wehrfried (ebenfalls am Fenster)

Mordelement! ein Bär,

Wie ich noch keinen sah! Da muß ich gleich
Hinunter, Frau!

(eilt durch die Mitte ab)

––––––

4. Scene.

Mathildis. (gleich darauf) **Heinrich** und **Wehrfried.**

Heinrich (hinter der Scene, unter dem Fenster)

Gegrüßt, Mathildis!

Mathildis (hinauswinkend)

Heinrich!

Stimmen

(rechts hinter der Scene unter Hörnertusch)

Heil! Heil der Herzogin!

Heinrich (hinter der Scene)

Franz! nimm den Rappen mir in Acht! Hat heut
Sich brav gehalten!

Mathildis

(ein Tuch über ihre Arbeit werfend)

Schnell die Arbeit fort!

Noch darf er sie nicht seh'n! — er kommt!

Heinrich

(mit Wehrfried durch die Mittelthür auftretend)

Mathildis!

6*

Mathildis (in seine Arme eilend)

Mein Herz! mein Held! mein Heinrich!

Heinrich

War 'ne Jagd!

Das stählt! —

(hinausrufend)

Reicht einen guten Frühtrunk meinen Braven!

(er führt Mathildis zum Fenster und weist hinaus)

Schau dort den Meister Petz! Gefällt er Dir?
Der kam, den Rachen wie ein Thor so weit
Gesperrt, daher. „Dich hungert!" rief ich, „friß!"
Und stieß das Schwert ihm bis ans Heft ins Maul!

Mathildis

Und wenn Du ihn gefehlt, wenn er Dich?... o!...

Heinrich

Da sei nur ruhig! So ein deutscher Hieb
Und Stich, die sitzen fest!

(Heinrich, dem Wehrfried das Schwert abgegürtet, wirft sich in einen
Armstuhl. Wehrfried durch die Mitte ab. Von links hat ein Diener
einen Imbiß vor Heinrich auf den Tisch gestellt und sich wieder nach
links entfernt.)

------

5. Scene.

Heinrich. Mathildis.

Heinrich (nachdem er getrunken)

Wie das erquickt nach einem scharfen Ritt! —
Was war's, das frauenlistig Du so schnell,
Da ich hereintrat, bargest?

Mathildis

Nichts, gewiß.

Heinrich

(der wieder aufgestanden ist, das Tuch von der Arbeit nehmend)

Laß' seh'n!

Mathildis (die Stickerei entfaltend)
Nun da! schau her!

Heinrich
Ein Waffenrock!
Und selbst gestickt? Wie kunstvoll! welche Pracht!

Mathildis
Leg' ihn gleich an, wie er Dich kleidet!

Heinrich
Nein,
Nicht jetzt. Dazu wird Rath. Wie dank' ich Dir!
Ein Talisman, den Liebe mir gewoben!
Gefeit nun bin ich vor Gefahr und Noth!
(er küßt ihre Hände)

Mathildis (kindlich froh)
Mein bester Heinrich!

Heinrich
Trautes, liebes Weib!
Bist heiter aufgewacht? Siehst bleich! — Was ist Dir?
Du hast geweint.

Mathildis
Ich? .. nein.

Heinrich
Du hast. (heftig) Bei Gott,
Wer Dir den Anlaß gab! ...

Mathildis (ausweichend)
Nichts! —
(ihr Antlitz an seiner Brust bergend)
Angst um Dich!

Heinrich
Des Löwen Weib in Angst? Geh, schäme Dich!
Wenn's hinbraust übers Feld in wildem Zug,
Der Rappe schäumt, die Hörner muthig laden,

Der Sturmwind mir das Haar zerzaust, dann athme
Ich stolz und frei!

Mathildis

Du wilder bester Mann!

Heinrich (sie zu sich niederziehend)

Komm, setz' Dich her zu mir! Im Goldgelock
Die Rose zart und anmuthreich wie Du!
Sie heißt der Blumen Königin! — Mathildis,
Wie schön erst, wenn ich mit dem gold'nen Reif,
Des Nordens Krone, Deine Stirn geschmückt!

Mathildis

Ach, Heinrich, hört' ich nimmer dieses Wort!

Heinrich

Denkst so gering Du von der Majestät?

Mathildis

Wiegt sie der Seele heitern Frieden auf?
(da Heinrich eine Geberde der Befremdung macht)
Des Goldreifs Glanz mag wohl das Auge blenden,
Den Sinn bethören, doch erwärmt er nicht.
Oft hört' ich's meine theure Mutter klagen,
Die Krone sei besonntem Gletscher gleich,
Der mit dem Eiseshauch das Herz erstarrt.

Heinrich

Freut meine Macht Dich, meine Größe nicht?

Mathildis

Dein Glück ist theurer mir als Deine Größe.
(da Heinrich etwas erwidern will)
Schilt mich, ich bin ein thöricht Kind, doch glaube,
Wärst Du auch nicht der erste Fürst des Reichs,
Nicht minder liebt' ich Dich, nein freud'ger nur
Schlüg' jauchzend Dir mein volles Herz entgegen!
Doch nun ... könnt' ich's nur sagen, wie ich's fühle!
Doch darf ich's nicht, und das ... das schmerzt mich tief!

Heinrich

Was ist Dir? was bewegt Dich so?

Mathildis

Ach, Heinrich,
Ich möchte Dich so gerne glücklich wissen!

Heinrich

Und bin ich's nicht?

Mathildis

Bist Du's? Ach nein.

Heinrich (vorwurfsvoll)

Mathildis!

Mathildis

Dein Schmerz ist meiner, Deine Freude mein.
Was Du mir wachend birgst, verräth Dein Schlaf.
Wenn Deine Hand sich aus der meinen löst,
In todesstiller Nacht ein qualvoll Stöhnen
Sich Deiner Brust entringt, du „Friedrich!" rufst, ...

Heinrich

Halt ein, Mathildis! Woran mahnst Du mich?

Mathildis

Du hast ihn einst geliebt von ganzer Seele,
Hast ihn verehrt wie eine Gottheit. Glaube,
Dein Kaiser liebt Dich noch, er wird vergeben!

Heinrich

Schweig! schweig!

Mathildis

Nein, laß' mich reden! Heinrich! Heinrich!
Du bist in Acht und Bann, die Deinen werden,
Geschreckt, Dich treulos lassen!

(flehend)

Beuge Dich!

Heinrich (heftig)

Kein Wort mehr! geh! Du weißt nicht, was Du sprichst!

In Acht und Bann? Noch bin ich, der ich war!
Kraft messe sich mit Kraft! sie sollen kommen!
Ein lust'ger Tanz, wenn die Trompeten tönen!
Mag auch sein Scheitel an den Himmel stoßen,
Ich will nicht, daß sein Schatten mir die Sonne
Des Ruhms verdunkle, trag' es nicht! und soll
Die Welt sich in zwei Lager blutig theilen!

Mathildis

Entsetzen! Gott!

Heinrich

        Sah ich sonst froh im Geist
Auf Deiner Stirn ein leicht'res Diadem,
Nun könnt' sich's fügen, daß ich mit der Krone
Des Reichs Dich schmückte!

Mathildis (schaudernd)

           Nie! es wär' mein Tod!

Heinrich

Nicht rechtlos heisch' ich's mir. Mein hoher Vater,
Heinrich von Sachsen und von Bayern, war
Lothars, des Kaisers Tochtermann. Ihm fiel
Nach Fug und Recht des Reiches Erbe zu,
Um das ihn Friedrichs Vorfahr falsch betrogen!*[1]

Mathildis

Ach, Heinrich, halte Maß! Du planst und strebst
Und bau'st bis in des Himmels lichte Höh'n,
Wo nicht der staubgebor'ne Mensch gedeiht!

Heinrich

Ich will's vollenden oder will nicht leben! —
Nichts mehr davon! —
(er nimmt die Laute vom Tische und bietet sie Mathildis dar)
Nimm Deine Laute! singe mir ein Lied!
(da Mathildis unter Thränen eine abwehrende Bewegung macht)
Wie? Thränen?

(er küßt sie)

Wart'! die küß' ich Dir vom Auge!

(da Mathildis lächelt)

Nun strahlen meine Sterne wieder hell!

(er reicht Mathildis die Laute)

Magst Du nicht singen, greife mir die Weise.

Hör' an! ein Reiterlied, das ich ersonnen!

(Mathildis hat die Laute genommen, sie greift ein Paar einleitende Accorde, dann recitirt Heinrich die folgenden Verse, während Mathildis ihn an einzelnen Stellen begleitet.)

(Heinrich die ersten Verse mehr getragen)

Gern folge ich durch Wald und Flur
Vieltrauter Fraue lichter Spur.
Ich lausche gern der Nachtigall,
Am Fels des Echos Wiederhall.

(das Folgende in schnellerem Tempo)

Doch tumml' ich gern auch schaumbenetzt
Mein Roß zu frohen Hifthorns Schall,
Bis Hirsch und Eber, mattgehetzt,
Zusammenbricht!
Und dann zur Stund'
Des Bechers Rund
Von Mund zu Mund!
Am Feuer licht
Der Spieß sich dreht, und Rundgesang
Und Hörnerruf und Waffenklang!

*   *   *

(mehr getragen)

Gern hör' ich an verschwieg'nem Ort
Vieltrauter Fraue Kosewort.
O selig, den ihr Arm umstrickt,
Dem sie das Haupt mit Rosen schmückt!

(in schnellerem Tempo)

Doch lieb' ich's auch, wenn hoch zu Roß
Die Feder stolz vom Helme nickt,
Wenn Schwerter klirren und Geschoß
Rings prasselnd schlägt!
Dann drauf und drein
Im lust'gen Reih'n!
Und muß es sein,
Die Seelen trägt
Aus Kampfgeschrei und Kriegsgetön
Der Tod auf zu Walhallas Höh'n!

*   *   *

Bernhard (hinter der Scene)

Wo ist der Herzog?

Heinrich

Nun? was giebt's?

(Bernhard von der Lippe und Wehrfried kommen eilig durch die Mittelthüre, bald darauf kommt Gertrud von links.)

---

6. Scene.

Vorige. Bernhard. Wehrfried. (später) **Gertrud.**

Bernhard (auftretend)

Zum Kampf!

Der Kaiser naht!

(Mathildis bemerkend, die schmerzvoll mit der Hand nach dem Herzen führt)

Verzeiht mein Ungestüm!

Heinrich (kampfbegeistert)

Und muß es sein,
Die Seelen trägt
Aus Kampfgeschrei und Kriegsgetön
Der Tod auf zu Walhallas Höh'n!

Mathildis (ihn angstvoll umfangend)

Heinrich! verlaß' mich nicht!

Heinrich (sich von ihr lösend)

Zagmüthig Weib!

Die Ehre ruft!

(zu Wehrfried)

Wehrfried! den Harnisch schnell!

(Bernhard eilt durch die Mitte ab. Während des Folgenden hört man hinter der Scene Waffengeklirr, Hörnersignale und Stimmen von Heinrichs Mannen, die sich zum Aufbruch rüsten.)

Mathildis

Bleib, Heinrich, bleib! ein schreckliches Gefühl
Der Angst erfaßt mein Herz!

(die Hand aufs Herz gepreßt, schmerzvoll)

O, wüßtest Du! . . .

Heinrich

Geh, thöricht Kind! ist dies mein e r s t e r Ritt?

(da Wehrfried ihm einen schmucklosen Waffenrock anlegen will, das auf dem Tische liegende von Mathildis gearbeitete Gewand ergreifend)

Hier, Wehrfried! daß die Unsern weit durchs Feld
Am Glanz den Führer schau'n!

(nachdem Wehrfried ihm den Waffenrock angelegt hat, zu Mathildis)

Gefall' ich Dir?

Heut weih' ich Deiner Feenhände Werk!

(zu Gertrud, die scheu in der linken Seitenthür erschienen ist)

Komm nur! geschieht Dir nichts! — Mein zartes Lieb
Vertrau' ich Deinem mütterlichen Schutz.
Nun heg' und pflege sie mir treu!

Mathildis

Ach, Heinrich,

Mir ist's, als sollt' ich n i e Dich wiederseh'n.
Kannst Du den Kampf nicht meiden, nimm m i c h m i t!

Heinrich

Wo um die Beute Aar und Löwe streiten,

Da ist kein weiches Nest für meine Taube.
Es geht nicht an. Du bleibst in sich'rer Hut.

Bernhard (der inzwischen zurückgekehrt ist)
Ergebt Euch drein, Mathildis! Muth! Wir kehren
Als Sieger bald zurück!

Heinrich
(Bernhard auf die Schulter schlagend zu Mathildis)
Das sprach ein Mann!
Der hält Dir Wort! Und nun . . .
(Mathildis in seine Arme schließend)
Du kennst den Preis!
Es gilt! Leb wohl, Mathildis!

Mathildis (ihn umfassend)
Heinrich! o!

Heinrich (sich von ihr lösend)
Leb wohl!
(er wendet sich schnell nach dem Hintergrunde, kommt aber noch einmal
zurück und schließt Mathildis aufs neue in seine Arme)
Mein Weib! lieb Weib! auf Wiederseh'n! leb wohl!
(Er reißt sich von ihr und eilt mit Bernhard und Wehrfried durch
die Mittelthüre hinaus. Mathildis folgt ihnen bis in den Hintergrund
nach, wo sie einen Augenblick in stummem Schmerz verweilt, dann eilt
sie an's Fenster, von wo sie Heinrich in großer Bewegung nachblickt.
Gertrud ist um Mathildis bemüht.)

---

7. Scene.

Mathildis. Gertrud.

Mathildis (am Fenster)
Sie brechen auf! er winkt noch einmal!
(schmerzvoll)
Heinrich!

Gertrud
Mathildis! Kind! . . .

Mathildis (ohne Gertrud zu hören)
          O, was ich längst geahnt,
Das Gräßliche erfüllt sich nun! — Dahin! —
Du holder Traum, dahin! — dahin auf ewig!
          (Sie bricht ohnmächtig in Gertruds Armen zusammen.)
                    (Der Vorhang fällt.)

                    (Verwandlung.)

---

8. Scene.

Waldige Gegend im Harz. Stürmischer sternenloser Abend. Nach rechts
          im Hintergrunde das brennende Halberstadt.

Wehrfried.   **Rudolf** und andere **Sächsische Lanzknechte.**

Rudolf
Ganz Halberstadt in Flammen! auch den Dom
Hat's miterfaßt!

Wehrfried
               Das war die Meinung nicht.
Der Wind hat Schadens mehr, denn wir gethan.

Rudolf
Der Erzbischof entkam.

Wehrfried (ergänzend)
                    Fand er — was Gott
Verhüte — in den Flammen nicht den Tod.

Rudolf
Wohl viele tausend sind's, die so verdarben!
          (Verworrene Stimmen von rechts hinter der Scene.)

Wehrfried
Holla! Was giebt's?
(Mehrere Lanzknechte schleppen den Erzbischof von Halberstadt in rauch=
     geschwärztem Meßgewande von rechts auf die Bühne. * 14)

---

9. Scene.

Vorige. Erzbischof von Halberstadt. Andere Lanzknechte.

Dritter Lanzknecht
(den Erzbischof auf die Bühne schleifend)
Ei, Pfäfflein, ward es Dir
Zu warm in Halberstadt? Willst uns davon?

Wehrfried (den Erzbischof erkennend)
Erzbischof Ulrich selbst!

Lanzknechte
(den Erzbischof unter Gelächter umdrängend)
Sein Meßgewand
Ist halb verkohlt! — Der ist durchräuchert! — Seht!
Er schnappt und kriegt nicht Luft!
(Sie lassen den Erzbischof links im Vordergrunde nieder, wo er wie todt
liegen bleibt. Wehrfried wehrt die Lanzknechte von ihm ab.)

Wehrfried (über den Erzbischof geneigt)
Herr, fürcht' Dich nit!
Soll Dir kein Leids gescheh'n! — Da! trink 'nen Schluck!
(Er bietet ihm seine Flasche. Der Erzbischof macht eine abwehrende
schwache Bewegung. Wehrfried zu den Lanzknechten)
Habt Ihr's dem Herzog schon gemeldet?

Dritter Lanzknecht
Nein.
Doch seht! da kommt er selbst mit den Gefang'nen!
(Von rechts kommt Heinrich der Löwe mit sächsischen Kriegern, welche
mehrere Gefangene mit sich führen.)

---

10. Scene.

Vorige. Heinrich. Sächsische Krieger und Gefangene Heinrichs.

Heinrich (zu einem der Gefangenen) * 15)
Nun, Graf, für Euern Treubruch hieltet Ihr
Wohl reichen Lohns Euch schon gewiß? Geduld!

Zu früh gewürfelt um des Löwen Fell!
Sollt seine Pranken fühlen!
(zu einem andern Gefangenen) * 14)
Domprobst, Ihr
Mögt für den Halberstädter, Euern Herrn,
Die Zeche zahlen!
(zu seinem Gefolge)
Legt sie in Ketten! (es geschieht)
(Heinrich zu den Gefangenen)
So in Eurer Schmach
Dem Heere folgend, sollt Ihr Heinrichs Ruhm
Und seine Siege schau'n! —
(da Wehrfried zu ihm tritt)
Wehrfried, was giebt's?

Wehrfried (auf den Erzbischof weisend)
Erzbischof Ulrich, Herr, den Flammen kaum
Entronnen, ward ergriffen auf der Flucht.
Heinrich (schnell hinzutretend)
Wo? . . . Ist er todt?
Wehrfried
Nein, Herr, doch scheint's verwundet.
Heinrich
Schafft ihn hinweg! Man pflege sein, wenn's noth!
Genesen, theil' er der Gefang'nen Loos!

(Der Erzbischof wird von Wehrfried und Rudolf nach links hinweg-
getragen, die übrigen Gefangenen nach links abgeführt. Graf Bernhard kommt eilig von links.)

---

11. Scene.

Heinrich. Bernhard. (Wehrfried. Rudolf.) Sächsische Krieger.

Heinrich (Bernhard entgegen)
Nun, Bernhard? . . .
Bernhard
Graf von Holstein, . . . der Verräther!

Heinrich

Er weigert die Gefang'nen?

Bernhard

Ob er's weigert!

Verglich dem Löwen Euch, den auf dem Platz

Zu Braunschweig Ihr errichtet, stets den Rachen

Zum Schlingen aufgethan. Er sei es müd',

Den Beutel Euch zu füllen, müsse selbst

Auf seiner Krieger Löhnung denken, kurz,

Als ich, des Hin und Wider müd', ihn dränge,

Ihn kräftig fassen will, . . . hui! durch ein Wunder

Ist er zum Kaiser über! * 16)

Heinrich (mit dem Fuße stampfend)

Er entkam?!

Bernhard (achselzuckend)

So wie den Habakuk der Engel, führte

Der Schwarze wohl am Schopf ihn durch die Luft!

Heinrich

Auch er! (drohend) Herr Graf von Holstein, sieh Dich vor!

Bernhard

Wir suchen ihn in Kaisers Lager auf!

Heinrich

Gleich' ich dem Löwen Braunschweigs, zeichne Blut,

Tod und Entsetzen meine Bahn! —

(zu seinem Gefolge)

Nach Goslar auf! dem Kaiser zu begegnen!

(Waffenlärm und Stimmen von links hinter der Scene)

Sachsen (links hinter der Scene)

Der Feind! der Feind!

Bernhard

Hört dort!

Erzbischof von Köln (links hinter der Scene)

Ihr Sachsen, weicht

Von Heinrich, dem Geächteten! Verflucht,
Wer ihm die Treue wahrt, mit ihm verflucht!
(Wehrfried kommt, auf seinen Speer gestützt, schwer verwundet von links)
Rudolf (von links hereinstürzend)
Die Kaiserlichen nahen zum Entsatz!

Heinrich
Für Halberstadt zu spät, sich selbst zu früh! —
Ist Kaiser Friedrich unter ihnen?

Rudolf
                    Nein.
Ihr Feldgeschrei ist „Köln!"

Heinrich
                    Fürwitz'ger Pfaff!
(zu seinen Kriegern)
Gott liefert ihn in uns're Hand! — Zum Kampf!
Alle
Hoch! Sachsen hoch! Hie Welf!
(Gehen nach links. Getümmel hinter der Scene.)

---

12. Scene.
Heinrich. Wehrfried.

Heinrich
(im Begriff nach links zu gehen, sieht Wehrfried, der, mit dem Tode
ringend, an einem Baumstamm lehnt)
                    Nun, Wehrfried? Vorwärts!
Wehrfried
Ja — vorwärts! — sagt sich bald! — ich hab's genug! —
Erbarm' Dich, Heiland meiner Seele! — Amen! —
(mit letzter Kraft seinen Speer nach links schleudernd)
Heinrich und Sachsen — hoch! —
(er bricht todt zu Heinrichs Füßen zusammen)
Heinrich (hinzutretend)
                    Wehrfried! —

7

(auf den Todten blickend, gerührt)

Dahin! —

Fahr' wohl, Du wack'rer Knecht! — Ein schöner Tod!
Ein Beff'rer selbst könnt' ihn Dir neiden. — Treu
Der Pflicht und Deinem Herrn, sinkst Du ins Grab
Und siehst noch sterbend seinen Sieg!

(Konrad in schwarzer Rüstung tritt Heinrich, von links kommend, in
den Weg.)

———

13. Scene.

Heinrich. Konrad.

Heinrich

Halt! Werda?

Konrad

Ein schlechter Arm für Schwabens gutes Recht!

Heinrich

Wer bist Du, Rasender, daß meinen Pfad,
Den sieggewissen, Du zu kreuzen wagst?

Konrad

Dein Schicksal, das Dir warnend ruft: „zurück!"

Heinrich

Willst Du Dich wider die Lawine stellen?
Zur Schädelstätte wandle sich das Reich,
Eh' Heinrich läßt von seines Sieges Preis!

Konrad

Unglücklicher, um den verwandtes Loos
Mich schmerzbewegt, obwohl Dein Feind!

(auf das brennende Halberstadt weisend)

Sieh dort
Das Glück von Tausenden der Flammen Spiel!

(um sich auf die Erschlagenen deutend)

Die Leichen hier, durch Deine Schuld gethürmt!

Die Flüche höre der Verzweifelnden,
Das Röcheln, Wimmern all' der Sterbenden,
Das wider Dich dort oben zeugt!

Heinrich

                           Holla!
Jetzt erst erkenn' ich Dich! Was eiferst Du?
Hast Du's nicht selbst, vorahnend, mir verkündet?
Mein Herz riß sich von seinem blutend los
Und nun verschlinge Tausende die Kluft!
Was frag' ich viel! Das Schicksal wollt' es so! —
Willkommen meinem Ohr dies Weh'geheul
Und meinem Auge Eurer Städte Brand,
Herolde und Trophäen meines Siegs!

Konrad

Freudlosen Siegs, nicht Euerm Ruhme wuchernd! —
Der unheilvollen Fehde setzt ein Ziel!
Mit Ehren könnt Ihr's heut, ob morgen auch,
Weiß Gott allein! — Laßt Euch beschwören, Herzog!...

Heinrich

Du Thor! Mich beugen sollte ich, deß Nahen
Des Kaisers Kriegsvolk in die Winde streut?

Konrad

Und stehst Du auf des Glückes höchster Höh',
So zitt're doppelt, denn ein einz'ger Schritt,
Und in den Abgrund reißt es Dich hinab!

Heinrich

Du wirst den Tag nicht meines Falles schau'n!
Wo blitzt ein Schwert von stärk'rer Faust regiert?
Wo kämpft ein Held um hold'rer Liebe Preis?
Den zeige mir, denn ihm gehört die Welt!

(Sie gehen fechtend nach links. Nach einer Pause kommt Friedrich mit
    Wittelsbach und kaiserlichem Kriegsvolk von rechts.)

———

7*

14. Scene.

Friedrich. Wittelsbach. Kaiserliches Kriegsvolk.

Friedrich

Die List gelang — er ahnt nicht unf're Näh'. —
Verfolgend, wirft er sich mit Ungestüm
Auf Köln und Anhalts reif'ge Schaar, derweilen
Die Wetter drohen über seinem Haupt! —
(auf das brennende Halberstadt blickend)
Des Löwen Spur! —

Wittelsbach

        So zu des Raubthiers Wuth
Verkehrte sich des Helden Kraft. Erhebe
In Deinem Zorn Dich, Herr, ihn zu vernichten!

Friedrich

Ach, Freund, ich steh' mehr schmerz= als zornbewegt.
So wurzelte in meinem Herzen nie
Noch eines Menschen Bild wie seines. Gern,
Gesteh' ich's nur, hielt diese Hand den Blitz,
Mit dem sie ihn zerschmettern soll, zurück!
Der Freund vergiebt — der Kaiser darf es nicht! —
(nach einer kurzen Pause)
Der Slaven streitbar Volk hat neu dem Reich
Gehuldigt?

Wittelsbach

        Ja, sie wollen thöricht nicht
Das Schicksal theilen des Geächteten.
Die Besten auch des Sachsenheeres führt
Der Graf von Holstein Deinen Fahnen zu.

Friedrich

Kein Freund ist uns zuviel in dieser Stunde! —
Zum Angriff jetzt laßt die Trompeten tönen! —
(Einer der Kaiserlichen ist von links zurückgekommen und hat heimlich
mit Wittelsbach gesprochen, dieser wendet sich zu Friedrich.)
Was giebt's?

Wittelsbach

Die Kunde geht durch's Sachsenheer, es liege
In Braunschweig auf den Tod die Herzogin.

Friedrich (betroffen)

Mathildis? sage „nein!"

Heinrich (von links hinter der Scene)

Mein Weib im Sterben!

Nach Braunschweig auf!

Bernhard (von links hinter der Scene)

Bedenkt! . . .

Heinrich (wie oben)

Bedenken? wie?

Und soll die Welt zu Grunde geh'n, zu ihr!

Friedrich

O! das ist Gottes Hand, die ihn verdirbt! —

(nach einer kurzen Pause)

Zum Kampf das Zeichen! Unser ist der Sieg!

(Kriegerische Musik. Sie gehen nach links. Der Vorhang fällt.)

(Ende des vierten Aufzuges.)

———————

Fünfter Aufzug.

1. Scene.

Einfaches Gelaß zu ebener Erde eines am Fuße des Harzes gelegenen Hauses. Kurzes Theater. Eine Thür im Hintergrunde, links eine Thür, rechts ein Fenster. Ein Herd, worauf einige Gluth, links von der Mittelthüre, daneben eine Schicht Holz und Hausgeräthe. Rechts an der Hinterwand hängen Konrads Waffen. Etwa in der Mitte des Bühnenraumes, mehr nach links, ein Ruhebett. Die beim Aufziehen des Vorhangs geschlossene Mittelthür führt ins Freie hinaus. Draußen ein starkes Gewitter, das sich während des Folgenden mehr verliert. — Konrad tritt nach einer Pause durch die linke Seitenthür ein und geht über die Bühne nach dem Fenster zur Rechten.

Konrad

Ein Sturm, als faßte Gottes Zorn die Pfeiler
Des Weltenbau's, als wollte, was da lebt,
In einer zweiten Sündfluth Er begraben! —
Im Kampf der Elemente setzt der Streit,
Der ausgerast im deutschen Reich, sich fort. —
Danieder liegt des Ueberstolzen Macht.
Vor wenig Monden noch erzitterte
Die Welt bei seines Namens Klang und nun ...

(seine Waffen an der Wand betrachtend)

Jetzt, treu Gewaffen, habe Ruh'! Du Schwert,
Das meines Kaisers heilig Haupt geschirmt,
Mit dem Geräth des Friedens sei vertauscht! —
Geist meines Vaters, Du umschwebtest mich,

Da mir im Arm der Kaiser blutend lag,
Da auf zum Himmel froh der Seinen Dank —
Welch' ein Moment! — ob seiner Rettung tönte! —
Ein andrer ward ich selbst seit jener Stunde.
Vordem, mit meinem Schicksal rechtend, barg
Nur Groll mein Herz und Bitterkeit. Verhaßt
War Menschenantlitz mir, das Dasein Qual!
Im Schlachtensturm gewann ich mir den Frieden! —

Heinrich (hinter der Scene)

Noch wenig Schritte!

Konrad

Horch!

Heinrich (wie oben)

Muth, theures Weib!

Die Hütte leiht uns Schutz! —
(an der Thür rüttelnd)

Holla! gebt Einlaß!

Konrad

Die Stimme kenn' ich! —

(Er eilt nach dem Hintergrunde und öffnet die Mittelthür. Auf der
Schwelle erscheint Heinrich der Löwe, die ohnmächtige Mathildis
auf den Armen tragend.)

---

2. Scene.

Konrad. Heinrich. Mathildis.

Konrad (bestürzt zurückweichend b. S.)

Großer Gott! er selbst!

Heinrich

Ein Lager schnell! ich will Dir's fürstlich lohnen!
(er prallt, Konrad erkennend, zurück)
Was seh' ich? Du?...

Konrad

Ihr, Herzog? . . .

Heinrich (wild auflachend)

Hahaha!

Frohlocke meiner Noth! Des Reiches Acht
Traf dieses Haupt! Von Deiner Schwelle stoße
Mein hilflos Weib hinweg!

Konrad

Nicht also, Herr!

In dieses Haus bringt nicht die Acht des Reichs.
Was mein, ist Euch und Euerm Dienst geweiht.
Ich bin des Kaisers Mann, sein Henker nicht!

Heinrich

So lohne Gott Dir, was ich nicht vermag!

(er läßt mit Konrads Hilfe Mathildis auf das Ruhebett nieder
und ist knieend um sie bemüht)

Sie athmet nicht! Mathildis! — bleich und kalt!

Konrad

(die Hand der Ohnmächtigen in der seinen)

Erstarrung nur der zarten Lebenskraft,
Doch nicht der Tod!

Heinrich (außer sich)

Tod? Sprich das Wort nicht aus!

Mein angebetet Weib und sterben! — o! . . .

Konrad

Das wende Gott von Euch!

Heinrich

Könnt' ich den Rest

Der alten Kraft in ihre Seele hauchen!

Konrad

Die junge Blüthe krankt vom nächt'gen Frost.
Ich will das Feuer schüren auf dem Herd.

(Er wendet sich nach dem Herd und legt einige Scheite Holz auf die
Gluth, daß das Feuer hell auflodert.)

Heinrich (an Mathildis' Lager knieend)

Mathildis! höre mich! — sie regt sich nicht! —
An mein unselig Schicksal festgebunden,
Schuldlos, mußt so Du büßen meine Schuld!
Des Himmels Blitz zur Leuchte, sturmgepeitscht,
Den Stein zu Deines Hauptes Pfühl! mein Weib!

(bitter lachend)

Heinrichs „des Löwen" Weib, der vor der Welt
So stolz gefürchtet ragte!

(Mathildis macht eine schwache Bewegung und schlägt die Augen auf.)

Sie hebt den Blick!

(Heinrich und Konrad sind um Mathildis bemüht.)

Mathildis

(sich auf ihrem Lager aufrichtend, mit fiebernd irren Blicken)

Wo bin ich? Welcher Glanz?

Heinrich

Mathildis!

Mathildis (wie oben)

Horch! Gesang! — Die Orgel braust! —
Die treue Gertrud winkt — sie starb zu früh! —
Ich komme, Gertrud!

(schwärmend)

Die Englein schweben
Hernieder zur Erden.
Hörst Du, wie sie mich rufen?

Heinrich

Allmächt'ger! —

(zu Mathildis)

Sprich nicht so! Dein Heinrich ist's,
Des Gatten Arm, der Dich umfängt! Erwache!

Mathildis (wie oben)

Ei, mein Herr Ritter, — nur gemach!

Heinrich (außer sich)

Mathildis!..

Mathildis (wie oben)

Du machst die Taube scheu — sie fliegt davon!
Husch! husch! und fort!

Heinrich
(schluchzend das Haupt auf ihrem Lager bergend)
O, ich ertrag' es nicht!

Konrad

Seid stark um ihretwillen, Herr! Ihr mehrt
Mit ungestümem Schmerz das Uebel nur!

Mathildis
(irren Blickes auf den vor ihr knieenden Heinrich schauend)
Seht dort! — o Heinrich, sieh! — er kniet! — Steh' auf!
Steh' auf um Gott! Knie nicht, mein Herr und Kaiser!

Heinrich (entsetzt zurückfahrend)
O ewige Barmherzigkeit! zuviel!

Konrad

Ermannt Euch, lieber Herr, ertragt als Held
Die Prüfung, die der Himmel Euch bereitet!

Mathildis (irre wie oben)
Das that mein Heinrich nicht! nein, nein, Du lügst!

Heinrich (sich die Brust schlagend, außer sich)

Das that Dein Heinrich! Weh mir! Hätt' er nie
Gelebt, um es zu thun und Deine Seele
Zu martern mit dem Fluche seiner That!
(er wirft sich aufs neue ihr zu Füßen nieder, ihre Hände küssend)
Mathildis! o vergieb! vergieb!

Mathildis
(aufhorchend, fährt mit der Hand über die Augen, dann mit allmählig
zurückkehrendem Bewußtsein)
Wer spricht? —
Der Nebel flieht! — der Stimme Klang! . . . .
(Heinrich erkennend)
Er ist's!

Heinrich (sie zärtlich umfassend)

Komm zu Dir!

Mathildis
(die Arme um seinen Hals geschlungen, jubelnd)
Heinrich!

Heinrich

Heißgeliebtes Weib!
Sei stark! Wir sind in sich'rer Hut, geborgen
Vor Sturmesnoth und vor Verfolgung!

Mathildis (angstvoll umschauend)

Wo . . . . .
Wo bin ich?

Konrad

Fürchtet nichts. Dies Haus ist Eures
Und Euer all mein Eigen, hohe Frau.

Mathildis (scheu an Heinrich geschmiegt)

Nicht wahr? Du gehst nicht von mir?

Heinrich (betheuernd)

Sollte ich
Auf ewig so zu Deinen Füßen liegen!

Mathildis
Hast soviel Noth um mich!

Heinrich

Still! läst're nicht!
Ich war's, der frevelnd Dich ins Elend stieß!
Des niedern Mannes Dach Dein Schutz! . . .

Mathildis

Willkommen
Der Armuth Glück! Ach viel blieb uns erspart,
Wenn minder stolz das Schicksal uns erhöht! —
(nach einer Pause der Ermattung wieder geängstigt um sich blickend)
Wo ist er?

Heinrich
Wer, Mathildis?

Mathildis (fiebernd aufgerichtet)
Hin zu ihm!
(da Heinrich den Sinn ihrer Worte nicht faßt)
Du haſt mir's oft verſagt. Wirſt Du's auch heut?

Heinrich
Was hätte ich? . . .

Mathildis
Ach oft fleht' ich's vergebens:
Verſöhne Dich dem Kaiſer!

Heinrich
Wie? Mathildis!

Konrad
Gönnt ihrem kranken Herzen dieſen Troſt
Und gebt dem kampferſchöpften Reich den Frieden!

Heinrich
Wär' ich der Sieger, mocht' es ſo geſcheh'n,
Doch dieſes ſtolze Herz . . . . eh' wollt' ich ſelbſt
Mit tauſend Dolchen es durchbohren!
(zu Mathildis)
Muth!
Noch iſt mein Anhang groß, nur ſchreckbetäubt,
Weil Schmerz um Dich den Löwen niederwarf.
Nicht Kaiſer Friedrichs Macht hat mich beſiegt!

Mathildis
Des Himmels Arm iſt wider Dich! umſonſt . . . .

Heinrich
Muth! Muth! Noch iſt es Abend nicht, Mathildis!
Dein hoher Vater, König Heinrich, nimmt
Uns auf in Deines Reiches Schutz und dann,
Biſt Du geneſen erſt, „Hie Welf!" Weh allen,
Die mich verlaſſen in der Zeit der Noth!

Dann stolz vor allen deutschen Frauen soll
Mathildis thronen, dann . . . .

Mathildis (traurig)

Giebt's noch ein „dann"
Für mich hienieden, Heinrich?

Heinrich (betroffen)

Wie?

Mathildis

Entsage
Der Hoffnung Schmeichelwahn — wir müssen scheiden!
Durchmessen hab' ich meines Lebens Bahn!

Heinrich

Das wolle Gott nicht! Welche Reden! Klar
Und ruhig ist Dein Blick. Der Wangen Roth . . .
Du wirst genesen.

(da Mathildis traurig lächelnd verneint)
Zweifle nicht, Du wirst!

Mathildis

Gott ruft mich zu sich bald — ich fühl's. —

Heinrich

Nein, nein!
So fürchterlichen Wahnes Bilder zeugt
Der Schrecken uns'rer Flucht, der zarten Glieder
Erschöpfung nur. Du bleibst mir, kannst mich nicht
Und wirst mich nicht verlassen!

Mathildis

Sieh, mein Heinrich,
Das Glück hat keine Heimath hier auf Erden,
Und doch, war je ein Frauenherz beglückt,
Mathildis war's in ihres Heinrichs Liebe!

Heinrich

Wie? Hätt' ich darum Kronen nachgestrebt?
Dann wehe mir, dann sei mein Haupt verflucht,

Erfüllt, was Acht und Bann mir schrecklich droh'n!
Sei kein Gebet mehr meiner Seele Trost! . . .

Mathildis

Erbarmen! halte ein!

Konrad

       Herr, mäßigt Euch!
Ihr tödtet sie mit Euerm Ungestüm!

Heinrich

Gott! Gott! ich weiß nicht, was ich thu' und rede!

Mathildis

Du lehnst umsonst Dich wider Gottes Schluß. —
   (Heinrichs Hand nach ihrem Herzen führend)
Leg' Deine liebe Hand hier auf mein Herz!
So ist es leicht zu sterben!

Heinrich

       Dich verlieren!
Litt' zehnfach martervoll ich selbst den Tod!

Mathildis

Zu Braunschweig senk' mich nieder in die Gruft,
Wo uns'res kurzen Glückes Stätte war.
Wir waren glücklich, Heinz, nicht wahr?

Heinrich (sein Antlitz verhüllend)

          O Himmel!

Mathildis

Gelobe mir . . . .

Heinrich

    Ach alles! alles!

Mathildis (bedeutungsvoll)

       Heinrich,
Daß ich nicht friedlos scheide . . . .
   (da Heinrich heftig zusammenzuckt)

Konrad (einfallend)

       Hört ihr Fleh'n!

Hört eines Engels Stimme! Nehmt die Bürde
Von der gequälten Brust! Laßt nicht dies Land
Aufs neu' des Bürgerkrieges Greuel schau'n!

Mathildis (flehend)

Bezwing' Dein stolzes Herz!

(da Heinrich in heftigstem innern Kampfe eine abwehrende Bewegung
macht)

Bei aller Liebe,
Bei aller Seligkeit vergang'ner Stunden!...

Heinrich (gebrochen)

O, ich bin macht= und willenlos, ich bin
Der Löwe nicht mehr!

Mathildis

Wohl bist Du es noch.
Dich selbst besiegen war Dein schwerster Sieg!
Du willst?....

(Heinrich drückt ihr bejahend stumm die Hand)

Hab' Dank! Jetzt scheide ich getrost.

Konrad

Wenn Gott es also fügt, ein selig Sterben!
Vieltausend Zungen segnen Euern Namen!

Mathildis

(nach einer kurzen Pause zu Heinrich)

Sag' meinem Vater ... sag' ihm, wie mein Herz ...

(da Heinrich, ohne sie zu hören, vor sich hinstarrt)

Du hörst mich nicht.

Heinrich (das Haupt auf ihrem Lager bergend)

Gott! Gott!..

Mathildis

(mit der Hand nach dem Herzen fahrend, halb b. S.)

Ich kann nicht mehr!

(nach einer Pause stummen Kampfes, während Heinrich sie mit angst=
vollen Blicken beobachtet, ihre Hände auf sein Haupt legend)

Des Himmels Segen auf Dein Haupt! — Ich — sterbe!

Heinrich (sie umfassend)

Nein! nein! Du stirbst nicht! darfst nicht sterben!

Mathildis (matt)

Heinrich! —

Heinrich (sich wild aufbäumend)

Himmel und Erde!

Mathildis

(mit schwacher Stimme sanft, zum Himmel aufblickend)

Beuge Dich!

(sie stirbt)

Heinrich

(neben ihr niedergestürzt, entsetzt)

Todt? — Todt?! —

(nach einer Pause, halb aufgerichtet, gen Himmel)

Zorn Gottes, triff noch härter, wenn Du kannst!

(Gruppe. Der Vorhang fällt.)

(Verwandlung.)

---

3. Scene.

Offener Platz am Rheinufer bei Mainz. Im Hintergrunde links, kostbare Zelte der Fürsten, von der kaiserlichen Pfalz und der angrenzenden in gothischem Styl aus Holz gefügten und reich mit Gold verzierten Kapelle überragt, mehr nach rechts in weiter Ebene, Zelte der Edeln und Ritter, alles in Fahnenschmuck. * 17) Ganz im Hintergrunde die Thürme der Stadt Mainz. — Volk (darunter während des Folgenden auch Reimarus und Jung Walther) von Lanzknechten zurückgehalten, drängt neugierig von rechts auf die Bühne.

Lanzknechte. Volk. (später) **Reimarus und Walther.**

Dritter Bürger

Hier müssen sie vorüber!

Im Krönungsschmuck * 18) zeigt er sich heut dem Volk!

Erster Bürger

Jetzt ist er mit der Kaiserin im Dom.

Dort werden neu die Leh'n vertheilt, die Heinrich
Durch Acht und Bann verwirkt.

Dritter Bürger

Ja, Pfalzgraf Otto
Von Wittelsbach ist Herzog jetzt von Bayern.

Erster Bürger

Er hat's in Treuen wohl verdient um's Reich.
(den zweiten Bürger bemerkend)
Herr Nachbar, Ihr auch da?
(sie schütteln sich die Hände)

Mehrere Bürger (zugleich, nach rechts weisend)

Seht dort! — da werfen
Herolde Silbermünzen unter's Volk!
(Alles drängt nach rechts zurück)
Schnell, Mutter, kommt! — Mein Gott! — Nur schnell da! Platz!
(Alle gehen nach rechts, nur der erste und zweite Bürger bleiben im
Vordergrunde zurück.)

Zweiter Bürger

(zum ersten, der auch nach rechts will)
Wollt Ihr Euch auch d'rum reißen? Gönnt's den Armen!

Erster Bürger

Habt Recht. — Ein lustig Treiben, Nachbar, he?
Wie's sonst in Feenmärchen nur zu lesen!
Die Brunnen strömen Weine aller Art
Und Vater Rhein selbst blinzelt mit den Augen,
Als sei er edeln Saftes voll!

Zweiter Bürger

Wahrhaftig,
Zu einem Flecken, einer Vorstadt nur
Sank Mainz herab vor dieser Wunderwelt!

8

Erster Bürger

Des Kaisers prunkend Schloß mit seinen Thürmen,
Der Fürsten Purpurpfalzen rings geschaart,
Der Edeln und der Ritter Zelte, bunt,
Unübersehbar . . . „vierzigtausend" heißt's!
Und nun, in weiter Eb'ne, über Hochheim
Und Ebernheim hinaus, ein lustig Volk!
Krambuden, Gauklertruppen, Komödianten
Und Kurzweil aller Art! *17)

(Von rechts sind wieder andere Bürger, unter denen Reimarus und Walther, letzterer mit einer Fiedel, von Lanzknechten zurückgehalten, aufgetreten.)

Dritter Bürger

      Ja, 's geht nun schon
Den dritten Tag! Turniere, Gasterei'n,
Juchhe! und keiner zahlt! Geht aus des Kaisers Tasche!

Mehrere Bürger (zugleich)

Sie kommen!
   (Aufregung in der Menge. Alles drängt nach links.)

Erster Lanzknecht

Zurück da! Platz!

Zweiter Lanzknecht (zu Walther)

      Ei, Fiedler, ist nicht sonst
Noch Raum für Deinesgleichen?

Reimarus (zum zweiten Lanzknecht)

        Hör' Er, Freund,
Ein guter Sang ist eine Kriegsthat werth!
   (Hochrufe von links her hinter der Scene)

Dritter Bürger

Seht dort! sie kommen aus dem Dom! hoch! hoch!

Erster Bürger

Die Kaiserkrone trägt er auf dem Haupt!

Dritter Bürger

Die Kais'rin ihm zur Seite auch!

Alle

Der Kaiser hoch! hoch! hoch!

(Von links kommen in festlichem Zuge, voran Otto von Wittelsbach, jetzt Herzog von Bayern, das Reichsschwert tragend, alsdann zwei andere Fürsten mit Scepter und Reichsapfel und Andere. Friedrich und Beatrix im vollen Krönungsschmuck folgen.*18) Prälaten, Fürsten, Ritter und Frauen der Kaiserin, alle in reichen Festgewändern. Inmitten der Bühne angelangt, hält der Zug.)

---

4. Scene.

Friedrich. Beatrix. Erzbischof von Köln. Wittelsbach. Anhalt. Hildegard und Andere im Gefolge des Kaiserpaares. Lanzknechte und Volk, darunter Reimarus, Jung Walther und später, mehr zurück, auch Konrad.

Friedrich

Sieh, Beatrix, welch' frohes Leben rings!
Wie nach des Frühlings erstem Wolkenschauern
Im Maienschmuck sich die Natur verjüngt,
An Baum und Busch sich tausend Blüthen regen,
Und saftvoll Grün, mit Blumen bunt durchwirkt,
Des Winters todte Spuren überwuchert,
So nach des Unglücks Stürmen auch erstand
Verjüngt die deutsche Kraft. Da, in den Städten,
Tönt Axt und Hammerschlag, im Felde streut
Der Landmann, froher Hoffnung voll, die Saat.
Im Wettstreit regt sich Handel und Gewerb'
Und Fluß und Meer trägt ferner Zonen Gut.

8*

Beatrix

Und wo, im Schutz des Friedens, Bürgerfleiß
Gedeih'n und Wohlstand mehrt, da weilen auch
Die Künste gern, da ragen Wunderdome,
Der Seelen Sehnsuchtsdrang beflügelnd, auf,
Da schlägt der Meißel Leben aus dem Stein,
Und auf der Erde trüb' verschlung'nen Pfaden
Streut uns die Dichtkunst duft'ge Rosenspende.

(Reimarus erblickend)

Ja, täuscht mich alles nicht, erblick' ich hier
Der deutschen Sänger würdigsten.

Friedrich

Wahrhaftig.

Sei uns gegrüßt, Reimarus!

Reimarus (mit Walther vortretend)

Dank, Herr Kaiser!
Und wollte Gott, ich wär' ein Knab' wie der,
Um würd'gen Sanges Friedrichs Ruhm zu künden!

Friedrich

Wer ist der Jüngling?

Reimarus

Herr, Jung Walther kam
Nach Wien, des Reimens edle Kunst zu lernen,
Doch seinem Meister dankt er's schlecht.

Friedrich

Wie das?

Reimarus

Treibt er's so fort, Herr, bin ich mäuschentodt,
Noch eh' mein selig Ende naht.

Walther (bittend vorwurfsvoll)

Reimar! . . .

(zu Friedrich)

Glaubt's nicht, o Herr!

Beatrix (zu Walther)

Nun, laßt uns Eures Sangs,

Jung Walther, eine Probe hören!

Walther

Herrin,

Was wollt Ihr, daß ich singen soll? Von Minne
Und süßem Minnelohn?

Friedrich (lachend)

Seht mir den Schalk!

Laß' uns sein warten, bis wir flügge sind!
Kaum aus dem Ei und . . . .

Walther

Herr, hab' kreuz und quer

Viel Lande schon durchstreift mit meiner Fiedel!

Friedrich

Schau! schau!

Beatrix

Wohlan, sing' uns ein Wanderlied!

Walther (zu Beatrix)

So habt die Gunst, blickt auf die Seit'!

Beatrix

Warum?

Walther

Herrin, der Glanz der Majestät verwirrt.

Friedrich

Nun, mein Herr Zeisig, Deinen Sang!

Walther

(recitirend, während er mit der Fiedel begleitet) * 19)

Lande hab' ich viel gesehen,
Nach dem Besten blickt' ich allerwärts.
    Uebel möge mir geschehen,
Wenn sich je bereden ließ mein Herz,
    Daß ihm wohlgefalle
Fremden Landes Sitte!
Und was frommt es auch, wenn ich für Falsches stritte?
Deutsche Zucht geht über Alle!

* * *

Von der Elbe bis zum Rhein
Und hinan bis an das Ungarland
    Mögen wohl die Besten sein,
Die ich auf der weiten Erde fand.
    Tugend, reines Minnen,
Wer die suchen will,
    Komm nach unserm Lande, da ist Wonne viel!
Ewig möcht' ich leben drinnen!

* * *

Beatrix

Ein Meisterlied!

(zu Reimarus)
Er macht Euch Ehre, Freund!

Friedrich

(die Hand auf Walthers Haupt gelegt)
Mein deutscher Sänger, wachse und gedeihe!

Beatrix

(einen Ring von ihrem Finger ziehend, den sie Walther reicht)
Nehmt hier den Dank in deutscher Frauen Namen!

Friedrich (zu Reimarus)

Reimar, seid unser Gast heut mit dem Knaben! —
(Reimarus und Walther treten unter Friedrichs Gefolge zurück.
Friedrich nach einer Pause zum Erzbischof von Köln)
Ward nichts von dem Gebannten noch erkundet?

Erzbischof von Köln

Daß Heinrichs Siegesglück durch Himmelsschluß
Sich schaudernd in Verzweiflung hat verkehrt,
Daß er aus Braunschweig, hart bedrängt, entkam,
Sein schwer erkranktes Weib durch Nacht und Sturm
Mit sich entführend, weißt Du, Herr, doch nichts,
Wo er verborgen weilt, ward sonst bekannt.

Friedrich

In tiefster Seele schmerzt mich seine Noth,
Und was er meinem Herzen war, erkenne
Ich jetzo recht erst, da er mir verloren.
(Er bleibt in Gedanken verloren stehen. Von rechts erscheint der Erz-
bischof von Mailand, von Abgeordneten gefolgt, welche die Schlüssel der
lombardischen Städte auf Purpurkissen vor sich hertragen.)

---

5. Scene.

Vorige.   Erzbischof von Mailand.   Lombardische Abgesandte.

Erzbischof von Köln

(zu Friedrich tretend, der das Auftreten der Gesandten nicht bemerkte)
Die Abgesandten, Herr . . . .
(Friedrich wendet sich dem Erzbischof von Mailand entgegen)

Erzbischof von Mailand

„Heil Dir und Segen,
Der heil'gen röm'schen Kirche Hort und Schutz!
Und allen, die mit Dir und nach Dir, Heil!"
So zu dem Herrn der Welt spricht Alexander,
Der Christenheit gesalbter Oberhirt!

Friedrich

Dem Papste, unserm Vater, Sohnesdank
Und Euch auch Dank ob Eures frommen Worts!
Daß vor dem Alexanders hohen Sinn
Wir recht erkannt, Herr Erzbischof, viel Leid
Blieb uns und Euch erspart!

Erzbischof von Mailand

      Weh'voller Stunden
Erinn'rungsschatten, Herr und Kaiser, banne
Von Deines Thrones heit'rer Sonnenhöh'!
(auf die Abgesandten weisend, die vor Friedrich niederknieen)
Sieh Dir zu Füßen hier die Abgesandten
Aus den ital'schen Städten, und zum Zeichen,
Daß treu sie kehren zu der alten Pflicht,
Empfang' aus ihrer Hand die gold'nen Schlüssel
Der Städte, die einst feindlich Dir getrotzt.
Nimm, Herr, die Reuigen als Deine Kinder
Zu Gnaden auf in Deines Reiches Schutz!

Friedrich

Vergeben und vergessen sei ihr Fehl!
Und seid Ihr alle Zeugen, wie zu Gnaden
Auf's neue Wälschlands Städte wir erheben! * 20)

Erzbischof von Mailand

Dank' Dir ob Deiner Huld, o Herr und Kaiser!
(auf ein Zeichen Friedrichs erheben sich die Gesandten wieder und treten
unter Friedrichs Gefolge zurück)

Friedrich

So ward es herrlich denn vollendet. Stolz
Im Glanz des Friedens ragt das deutsche Reich,
Geeinigt seine lang' im Bruderzwist
Getrennten Stämme all', und sonder Kampf
Dem ein'gen Volk die Völker unterthan. —

Doch der dort ober. weiß, daß demuthvoll
Wir dieses Glückes Fülle schau'n. Nicht uns
Und unserm Thun die Ehre! — Schatten mehr
Als Thaten neben dem, was Kaiser Karl
Fernwirkend einst vollbracht! * 21)

(sich zu Hildegard wendend)

An diesem Tag der Freude und des Heils
Laß', Hildegard, auch Deines Glücks mich walten!
Schon mancher edle Ritter warb um Dich,
Doch Du . . . .

Hildegard
(ausweichend, indem sie die Hand der Kaiserin küßt)

O Herr und Kaiser, bin ich nicht
Weit über mein Verdienst beglückt?

Friedrich

Nicht also!
Aufopfernd willst Du Jugendreiz und Schönheit
Der Kaiserin, der Freundin einzig weih'n.
Du warst ihr Trost in ihres Wittthums Leid,
D'rum gönne mir die Freude . . . .

Hildegard (abwehrend)

O, um alles! . . .

Friedrich (zu Beatrix)

Was ist dem Mädchen?

Beatrix

Laß' sie, Friedrich! Mir
Vertraute sich ihr Herz, — sie liebt.

Friedrich (lächelnd)

Sie liebt?
Und wär's in uns'rer Macht nicht? . . .

(Konrad ist beim Anblick Hildegards unwillkürlich ein wenig vor-
getreten und hat Friedrichs Worten in sichtbarer Spannung gelauscht)

Hildegard (ihn erblickend)

Ha! (b. S.) Er selbst!

Friedrich
(mit dem Blicke der Bewegung Hildegards folgend)
Sieh da! — mein Retter! ..
(er geht auf Konrad zu, dieser will zurückweichen)

Konrad (verwirrt)

Ich? ...

Friedrich
(ihm die Hand auf die Schulter legend)

Willst mir davon?

(mit scherzhaftem Zürnen)
Dich reut wohl gar, was Du gethan?

Konrad (das Knie beugend)

Mein Kaiser! ..

Friedrich
Geh! war das recht, des Kaisers Dank zu flieh'n?
(Alle drängen hinzu)

Beatrix
Er war's, der bei Legnano? ...

Anhalt

Er ist's, Herr? ...

Beatrix
(da Friedrich bejaht, zu Konrad)
O allen Segen auf Dein Haupt!

Erzbischof von Köln

Er ist's,
Der unsern Kaiser schirmte in der Schlacht!

Erzbischof von Mailand (zu Konrad)
Der Himmel segne Deine That, mein Sohn!

Friedrich (zu Konrad)

Steh' auf!

(Konrad erhebt sich. Friedrich zu den Versammelten)
Ihr Alle, helft mir, ihn belohnen!

Beatrix

Laß' mich den Preis ihm bieten, mein Gemahl,
Das ist der Frauen Recht!

Friedrich

Ja, Beatrix,
Ein guter Brauch! denn zarter'n Sinnes weiß
Ein Frauenherz das Rechte zu erwählen.

Beatrix (zu Konrad)

Ihr seid noch unvermählt?

Konrad

Ja, hehre Frau.

Beatrix (schnell)

Nun denn . . . .

(sich besinnend)
Doch . . Euer Herz ist frei?

Konrad

Verzeiht! . .

Beatrix (betroffen b. S.)

O weh!

Konrad

Der Jungfrau'n eine Eures Hofs —
Nicht weiß ich ihren Namen nur — ja kaum,
Daß ich an jenem Abend, da der Kaiser
Gerettet zu den Seinen kehrte, sie
Im Burghof zu Pavia sprach . . . . Der Schmerz
Um ihres Fürsten Tod, ihr Freudejauchzen
Ob seiner Rettung ließ mich froh entzückt
In ihres Herzens reine Tiefe schau'n.

Und nimmer, — daß ich's frei bekenne, — will
Ich Weibesfesseln tragen, wenn nicht ihre,
    (indem er auf Hildegard zutritt und ihre Hand ergreift)
Denn diese ist's, die sich mein Herz erseh'n!

Friedrich

Ei, Beatrix, da braucht es unser nicht.

Beatrix (zu Hildegard)

Nun, Hildegard?...
    (da Hildegard sich weinend an sie schmiegt, zu Konrad)
        Seid Ihr's zufrieden?

Friedrich

                Thränen?

Beatrix

  Des Glückes, ja, Trophäen seines Siegs!
(Stummes Spiel der Liebenden. Friedrich und Beatrix blicken
wohlgefällig auf das Paar, die Anderen stehen antheilsvoll gruppirt.)

Hildegard

    (nach einer Pause stummen Spiels zu Konrad)
Dir lebt der Vater noch?
    (da Konrad mit einer Geberde stummen Schmerzes verneint)
         Die Mutter?

Konrad

                Nein.

Hildegard

Gleich mir verwaist!
    (sich zärtlich an Konrad schmiegend)
        Verwaist? Wir sind es nicht!

Beatrix

    (welche die letzten Reden vernommen hat, zu Konrad)
Die uns den Retter zeugten, sag' uns an,
Wer sind sie, daß fortan ich ihren Namen
In mein Gebet mag schließen!

Friedrich

> Laß' uns hören.

Schon damals, weißt Du, forschte ich's vergebens.

Konrad

Nicht länger ziemt mir Schweigen. — So vernimm,
O Herr und Kaiser! Hoch an Macht und Ehren,
Ich darf es sagen, stand einst unser Haus.
Doch als des Löwen Vorfahr, Herzog Heinrich,
Den man den Stolzen nannte, wider Konrad,
Deutschlands gesalbten Kaiser, Deinen Ohm,
In Fehde sich erhob, da wandte, zürnend
Ob früh'rer Unbill, Graf von Hohenfels . . .

Friedrich (erstaunt)

Bist Du Graf Hermanns Sohn?

Konrad

> Er war mein Vater!

Zu jähen Sinnes, brach er die so oft
Dem Reich bewährte Treu'. — Als auf den Tod
Verwundet nun er niederlag, „mein Sohn,"
So sprach er da, „mich trifft verdientes Loos.
Doch fluche Deinem Vater nicht, auch trage
Dem Kaiser keinen Groll um meinen Tod,
Nein, daß mir Friede werde in der Gruft,
Den Makel tilge Du von meinem Schild
Durch Opfermuth und Treue für den Kaiser!"

Friedrich

Und so hast Du gethan. D'rum, was Dein Vater
Dereinst verwirkt an Land und Gut, empfange
Als Deiner Treu' gerechten Lohn zurück.

Beatrix
(zu den freudig bewegt dastehenden Konrad und Hildegard)

Legt Euer Glück in Eures Kaisers Hand!

Friedrich (zu den Versammelten)

Und nun in frohem Zuge, Ihr Getreuen,
Geleitet uns, daß Gaben spendend, wir
Der Lust des dichtgeschaarten Volks uns freu'n!
Tönt Pauken und Trompeten froh zum Fest!
Heut soll der Aermste unj're Freude theilen!

(Pauken und Trompeten. Der Zug setzt sich langsam nach rechts in
Bewegung.)

Heinrich (rechts hinter der Scene)

Todt! todt! Wehklagt mit mir!

Friedrich (inne haltend, betroffen)

Was hör' ich?

Heinrich (hinter der Scene)

Schweigt!

Wollt Ihr mich höhnen?

(die Musik bricht plötzlich ab)

Heult und winselt: „todt!"

(Heinrich im Büßergewande, barfuß, bleich und verstört, stürzt von
rechts auf die Bühne. * 22) Alle weichen scheu vor ihm zurück.)

---

6. Scene.

Vorige. Heinrich.

Friedrich

Er selbst!

Heinrich
(Friedrich und Beatrix im Krönungsschmuck erblickend, prallt mit
einer Geberde des Trotzes zurück)

Ihr ew'gen Mächte!..

Beatrix (angstvoll)

Großer Gott!...

Heinrich
(sich aufbäumend, mit den Zähnen knirschend, trotzig)
Hie Welf!

Alle (theils an's Schwert fahrend)
Hie Waibling!

Friedrich
(macht den Seinen ein Zeichen, zurückzutreten, dann strenge zu Heinrich)
Heinrich!

Konrad
(vortretend, zu dem in innerm Kampf dastehenden Heinrich)
Herzog, denkt
Der letzten Worte....

Heinrich (schmerzvoll zusammenzuckend)
O!..

Konrad
Ihr habt's gelobt,
Der Sterbenden gelobt!

Heinrich (nach einem letzten innern Kampf)
Ich bin gebeugt!
(bitter)
Gebeugt? —
(dem Kaiser zu Füßen stürzend)
Gebrochen!

Friedrich (will ihn aufheben)
Heinrich!...
(sein Antlitz mit dem Mantel verhüllend, erschüttert)
Gott im Himmel!

Beatrix
(die vorher mit Konrad gesprochen, zu Friedrich herantretend, leise)
Mathildis starb.

Friedrich (schmerzvoll)
Mathildis? o!

(Heinrich aufhebend)

Steh' auf,
Du schwer Geprüfter!

Heinrich (sich erhebend)

Friedrich! . .

Friedrich (ihn in die Arme schließend)

An mein Herz,
Das nie sich noch entwöhnte, Dir zu schlagen!

Heinrich (sich abwendend)

Vergieb mir nicht! — Du kannst mir nicht vergeben!

Friedrich (zum Himmel aufblickend)

Erhoff' ich Sündiger nicht selbst dereinst
Vergebung dort? — Wenn ich Dir Fehde trug,
Aus Haß nicht that ich's, noch aus Rachgelüsten.
Die strenge Pflicht regierte meinen Arm.
Gott hat es so gefügt. Der Opfer viel
Hinraffen mußte unser Streit, der Sturm
Der Frauenblüthen holdeste verweh'n,
Daß über Gräbern Deutschlands Völker neu,
Gleich uns vereint, des Friedens Phönix schau'n!

(gen Himmel feierlich)

Daß er beglückend weile, walte Gott!

(Alle stehen bewegt.)

(Der Vorhang fällt.)

(Ende.)

Quellenangabe

auf die in den Text eingefügten Zahlen Bezug nehmend.

1. Niemand hatte beim Tode Kaiser Lothars begründetere Aussicht auf die Nachfolge als Heinrich der Stolze von Bayern, sein Schwiegersohn, aber mißtrauisch auf den allzu mächtigen, wählten die Fürsten den hohenstaufischen Konrad von Franken. Heinrich versagte der Wahl seine Anerkennung, starb aber, während noch der Kampf zwischen ihm und dem Kaiser wüthete. Durch die verwandtschaftlichen Beziehungen Heinrichs des Löwen zu Kaiser Friedrich wähnte man endlich die alte Fehde beigelegt. C. Wernicke. Geschichte des Mittelalters. Berlin 1871, S. 256—258.

2. Bedforts Rede vergleiche mit dem Schreiben König Heinrichs II. von England an den Kaiser. Georg Weber. Allgem. Weltgeschichte. Leipzig 1866. Bd. VI., S. 714. Wernicke S. 268—269 u. A.

3. Berufung der Rechtsgelehrten von Bologna (Ronkalischer Reichstag). Friedr. v. Raumer. Gesch. der Hohenstaufen. Leipzig 1823. Bd. II., S. 101—102. Friedr. Kohlrausch. Bildnisse der deutschen Könige und Kaiser. Hamburg 1846, S. 292—293.

4. Spinola. v. Raumer S. 199—200. Hans Prutz. Kaiser Friedrich I. 3 Bände. Danzig 1874.

5. Reichstag zu Regensburg. Beilegung des Lehenstreits um Bayern. Rotteck, Allgem. Geschichte. Freiburg 1834. Bd. V., S. 108. Weber S. 712. Kohlrausch S. 284. v. Raumer S. 55—56.

6. Heinrich, Markgraf, dann Herzog von Oesterreich, nach einer Betheuerungsformel (Jochsamergotthelf), die er stets im Munde führte, Jasomirgott genannt. Wernicke S. 259.

7. Daß die deutschen Fürsten mißtrauisch auf Heinrich blickten, den Kaiser vor dem Ehrgeizigen warnten und ihn tadelten, daß er dem Welfen so große Macht verliehen, ist fast in allen Geschichtswerken zu lesen.

8. „Friedrich hatte für das Freiheitsstreben der lombardischen Städte keine Art von Verständniß und sah darin nur den frevelhaften Aufruhr eidbrüchiger Verräther." Prutz Bd. II., S. 233.

9

9. „Heinrich der Löwe war der hochverdiente Träger deutscher Kultur in den Slavenländern. Heinrichs Abwesenheit hätte das Werk der Germanisirung stark gefährdet, wie sein Sturz es dann auch wirklich that." Prutz Bd. III., S. 353 ff. Ueber Heinrichs Verhältniß zum Kaiser das Nähere ebendaselbst.

10. Der Kniefall Friedrichs und die hochherzigen Worte der Kaiserin werden bei v. Raumer S. 243, Wernicke S. 276, Weber und Anderen berichtet, von Prutz jedoch angezweifelt.

11. Hinterhalt der Brescianer. v. Raumer S. 245. Weber S. 765. Prutz u. A.

12. Beschreibung des Caroccio. v. Raumer S. 138—139.

13. Friedrich wurde drei Tage vermißt. Beatrix hatte bereits Trauerkleidung angelegt, als er zur Freude der Seinen in Pavia erschien. Kohlrausch S. 308. v. Raumer, Prutz u. A.

14. Erzbischof Ulrich von Halberstadt, beinahe verbrannt, gefangen und mit dem Domprobst Romanus von Halberstadt mit Stricken gefesselt von dem abziehenden Heere mit fortgeführt. Prutz.

15. Graf Bernhard von Ratzeburg siehe v. Raumer und Prutz.

16. Graf Adolf von Holstein ebendaselbst.

17. Reichstag zu Mainz. Weber S. 784—785. Kohlrausch S. 315. v. Raumer und Prutz.

18. Friedrich und Beatrix im Krönungsornat. Prutz Bd. III. S. 177.

19. „Lande hab' ich viel gesehen." Walther v. d. Vogelweide, Gedichte. Siehe die Uebertragungen von Karl Simrock und Karl Pannier.

20. Der Friedensschluß zu Konstanz erschien als ein Akt kaiserlicher Gnade an Rebellen. Prutz Bd. III. S. 160.

21. Schatten mehr als Thaten. v. Raumer S. 6.

22. Heinrich der Löwe auf dem Reichstage zu Mainz. Prutz Bd. III. S. 181.

Druck von E. Buchbinder in Neu-Ruppin.

In demselben Verlage erschien:

Cäsar Borgia

Trauerspiel in fünf Aufzügen

von

Ernst Grua

Berlin 1881.   120 Seiten 8vo.

Preis 2 Mark.

Druck von E. Buchbinder in Neu-Ruppin.